Seba・蝴蝶

Seba · 蝴蝶

蝴蝶館 55

東月季夜語

Seba 蝴蝶 ◎ 著

楔子 烏盆居

座落在太平洋之岸，嬌小的城市在無言的陽光和海風中，默默凝視著遙遠的地平線。

名喚花蓮，是東海岸的第一大都，但卻只有小家碧玉的格局。觀光客來來往往，腳步匆促，卻鮮少注意到在巷弄中的小店。

這家店外觀普普通通，連招牌都小小的，被九重葛半掩。若仔細看，才能看出上面龍飛鳳舞的毛筆字：「烏盆居」。

這家的女主人，是個美麗到讓人忘記呼吸的嫻淑女子。「豔光照人」非常具體的展現在她身上，每個第一次見到她的人都會眼前一亮，心跳加速……

但觸及她的眼睛，所有的心猿意馬像是當頭澆了盆冷水，「嘁」的一聲消失無蹤。

那雙眼睛冷若寒泉，像是所有的醜惡心思都被倒映在裡頭蕩漾，卻對她毫無影響。她在這兒住了十年，附近的鄰居對她由驚豔到敬畏，只有外地人才會無知的去調戲她。

她的生意很冷淡，畢竟這城市不時興喝什麼花草茶，只有一些鬼鬼祟祟的外來人會躲躲閃閃的來找她買些香料或茶。但她做得一手好陶，也頗有耐心。半年會開一次班，附近的小朋友會來學——有時候只是指望帶個孩子，別讓小孩到處遊蕩。

對男人不假辭色的她，對婦女和小孩倒是格外的溫柔慈悲，耐性十足。

鄰居的婆婆媽媽都知道，若小兒驚恐夜啼，需要收驚，與其花大錢去請那些神神道道的神棍收驚，不如抱來請金櫻看看，通常第二天就好了。

有時候家宅不安，心驚肉跳，也來找她喝茶，訴苦一番，往往莫名的什麼事都沒有了。

但她生意清淡到這種地步，鄰居有時會替她擔心，她總是笑了笑，「收支平衡就是了，反正還有葉冷。」

婆婆媽媽都會苦心的勸，「葉冷是好……但一跑就是一年半載。你們『鬥陣』這麼久，也該有個打算……」

金櫻淡笑，「沒什麼好打算的，就這樣拖著吧。離了他，我還怕找不到好的？是他死賴著我。」

見她不在意，這年頭的女人青春又長，她當初來時才二十模樣，十年後依舊是。他們附近的男人多少都吃過虧，不大敢來招惹，但外地人往往見了她眼睛就直了。性子好，人又正正經經的，煮飯燒菜沒一樣難得倒，跟輕浮的小女孩差太多了，也無須太慮她的終身。

只奇怪這樣又美又有氣質的女人，怎麼會跟浪蹤不定的葉冷『鬥陣』。葉冷體格像是運動員，自稱是跑海的。相貌英俊，卻不像是走正路的，跟人說話都很不耐煩，鄰居跟他說的話還沒十句。

＊　＊　＊

正想把自己的手抽回來，眼前這個外來客卻一臉癡迷的攢緊，嘮嘮叨叨的說著三字妖言。

金櫻很厭煩，揍也不是，不揍也不是。「……先生，你要找女人說我愛你，我建議你乾脆去酒家。」她冷靜的勸，「我這兒只賣花草茶和罈子，不賣什麼愛不愛。」

「妳生日是哪一天？哪一天？」外來客緊緊拉住她的手，像是沒聽到她說的話。「不管是哪天，一定很巧的和我心愛的女人同一天。」

……真復古。她若沒記錯，三十年前流行過這種邂逅台詞。

「妳真香啊……擦什麼牌子的香水？」他又往前一步，「聞起來像是玫瑰花……妳該叫做玫瑰啊……叫金櫻實在很俗氣……」

「我全名叫做金櫻子。」她終於開口了，外來客驚呼一聲，放了手，緊緊摀住手掌上的一道傷痕。雖然淺，卻橫過整個手掌，不斷的冒著血。

她摸出一把全無血跡的乾淨花剪，揚了揚，「對不住。剛要你放手就是這樣……拿著剪刀，就忍不住想修剪些什麼。」

但她的神情卻非常的詭豔、迷魅，輕輕舔了舔手指上沾著的血。

像是……像是美豔的女鬼或妖怪，正準備吃人。他大叫一聲，跌跌撞撞的逃出去，卻在玄關被個大個子絆倒。

大個子猙獰的看著他，唇角冒出尖銳的犬齒，在黑暗中，舔了舔唇。

他更沒命的慘叫，拚死命逃回去，馬上大病一場。

抱著胳臂，金櫻子站在玄關口，面無表情。「什麼時候回來的？」

「剛剛。」葉冷也控著臉，「妳忙著打情罵俏，我就沒擾妳。」

金櫻子瞪了他一眼。「吃過了沒有？」

「妳要做飯給我吃？」葉冷冷哼一聲，「妳不是只做飯給妳的男人吃嗎？」

她微訝的看著葉冷，很快的平靜下來。與他同床共枕幾十年，原來他也只是為了方便而已。

男人薄倖，天經地義。她點了點頭。

然後取起放在玄關陰乾的陶胚大罈，砸在葉冷的頭上。「沒什麼菜，將就吧。」她心平氣和的轉入廚房。

頭破血流的葉冷坐在玄關上，脫了一隻靴子發愣。「……金櫻子！妳的意思是不是說，妳是我的女人？喂，是不是？」

一只裝滿雞湯的陶鍋飛出來，砸在葉冷的臉上。

這雞湯還不錯，就是有點血腥味……呸，還不是我自己的血。葉冷扯著嗓子喊，「妳真是我女人？真的嗎？」

這次連菜刀都飛出來了。葉冷機靈的一閃，打了幾十年，他早摸清楚金櫻子的手段了。正得意的笑，腋下一痛，一把秀氣的水果刀輕輕顫動。

「……妳要殺夫，等床上殺去如何？」他齜牙咧嘴的拔下刀子，「別到時候下不了手！」

金櫻子把飯菜端出來，眼神漠然的看著他，「你不妨試試看。別像上回光著屁股逃了。」

葉冷大怒，正想爭辯，肚子卻咕嚕嚕的叫了。「先吃飯。」他大剌剌的坐下來，把空飯碗一送，「飯！」

她冷著臉把飯添尖，插上兩根筷子，活像供飯似的。

葉冷也不介意，埋頭苦吃，金櫻子細嚼慢嚥，兩人都沒說話。等覺得半飽，葉冷才有空開口，「妳是我女人，對吧？」

金櫻子神準的把筷子插到他耳朵裡，柔勁巧妙，剛好一隻耳朵一根。

「我去把湯端過來。」她淡淡的，轉身回廚房。

之一 緣起

那一年，她剛好十四歲。

說起來真的是非常久遠的過去，但想起來像是在眼前。滄海桑田，歲月流轉，她照著鏡子時，恍惚都會覺得看到祖奶奶。

聽說祖奶奶年輕的時候跟她長得很像，果然。現在她老了，也跟當年的祖奶奶如此相似。

那一年秋天，祖奶奶剛好七十四歲。那時候的人生育早，六十歲就是曾祖母了。原本是可以享清福的年紀，但祖奶奶命苦，媳婦和孫媳婦都早早過世，少年守寡的祖奶奶養大了爺爺，又照顧了爸爸，連她們這對姊妹花，都是她老人家一手養大的。

那個遙遠的年代，她已經不太記得許多事情，但有些卻像是銘刻在腦海裡，怎麼都忘不掉。

當時的台北都城，總督府在此，許多日人也在。他們家在艋舺開著小小的中藥行，生活過得去。記得她還小的時候，祖奶奶身體還硬朗，附近鄰居家的孩子有個傷風感冒、驚風夜哭，都抱來給祖奶奶看——不是爺爺，也不是爸爸。

雖然說他們黃家一脈相傳，都是古老的中醫世家。但從小她就知道，只知道幾個草藥方子的祖奶奶身分非同凡響，少女時曾是一方「尪姨」。那年代的女人身分很低，沒資格參加什麼聚會。但舉凡乾旱豪雨、神明賽祭，各種大事，保正都會來恭恭敬敬的請祖奶奶，大人物都得安靜的聆聽祖奶奶輕細的話語，沒人敢駁。

在她心目中，祖奶奶是最了不起的。

但這樣了不起的祖奶奶，還是不敵歲月和長年辛勞的侵蝕，倒了下來。

到她十四歲時，祖奶奶躺著的時候比坐著的時候多，也幾乎沒有力氣站了。但祖奶奶還是每天堅持梳妝換衣，不讓人看出一絲頹唐。只是她年老衰弱，得仰賴兒孫照顧。

她不為老病怨嘆，卻常覺得拖累兒孫。

「阿太，妳說什麼話呢？」她總是這樣勸著，「我們都是妳養大的，孝順妳是應該的。」

「哎，阿琳，妳才幾歲，都蹲在病人房裡。」祖奶奶悶悶不樂的回了一句，「阿玉呢？怎麼都是妳來，阿玉怎沒看到她？」

黃琳不禁語塞。她的姊姊長她兩歲，論容貌長得差不多，都是平凡的小姑娘。她不覺得如何，但姊姊聰明伶俐，對這種小商家女兒的生活非常不滿。想方設法和一個外國太太混熟，去她家學洋裁了。

外面的人說得不甚好聽，冷言冷語。說黃玉學洋裁只是幌子，指望能嫁個外國人飛上枝頭當鳳凰。

這種話，她怎麼好對祖奶奶說？

但祖奶奶看了她幾眼，長歎一聲。「黃家沒有男丁，怕是要妳撐起門戶。妳姊姊志大才疏，眼高手低，妳倒要防著點……」

黃琳沒說話，只是低頭撫著祖奶奶的衣角。

但那年秋天，她的姊姊深夜溜出去，回來的時候顛顛倒倒，衣服都破了，一身血痕，像是受了驚嚇，神情卻恍惚狂喜。

擔了半晚的心，黃琳趕忙迎上去，扶著從窗戶爬進來的姊姊。

「姊？妳是怎麼了……」她想喊爹娘，黃玉卻一把掐住她的喉嚨。手勁是那樣的大，幾乎讓她呼吸不到空氣。

「閉嘴！不准嚷！一個人也不准說，聽到沒有?!」她低聲威嚇，「妳敢說……我殺了妳！」

從小就懼怕姊姊，黃琳只能忍住，漲紅著臉，吃力的點頭。

第二天，她的姊姊就變了。

像是之前一直含苞未放，卻在一夜之中怒放到極致。她美麗得不似凡人，嬌媚婉轉，風情萬種，幾乎把整城的年輕人都迷住了。登門談親事的媒人幾乎要踏穿了門檻。

但她害怕姊姊，怕得不得了。只要一靠近，她就全身寒毛直豎，惶惶不可終日。最後她藉口要照顧祖奶奶，躲去跟她睡，心底的恐懼才稍微安寧一點。

不過，都在一個家裡住著，總是有碰到的時候。

覷著左右無人，美豔不可方物的姊姊一把抓住她，「妳沒把我的事情告訴任何人吧？」

「……沒有，我沒有。」她害怕得哭出來。

姊姊直直的瞪著她，眼底出現貪婪的紅暈，「別壞我的事情……其實讓妳真正別礙事，還有最好的方法……」

她想喊或叫，但卻失去聲音，甚至癱軟沒有力氣。姊姊拖著她往屋後放藥材的倉庫走，力氣大得不得了。

我要死了。她的驚恐升到極點。姊姊要殺我了。祖奶奶，祖奶奶，救命啊！

她想呼救，卻沒有一點聲音，只是喉嚨上下，張著嘴發出粗喘。

就在姊姊撲到她身上時，卻聽到黃玉慘叫，滾到一旁去。

原本連站起來都沒有力氣的祖奶奶，舉著拐杖，一下又一下的打著黃玉。「滾出我曾孫女的身體，滾！」祖奶奶厲聲，手底一點也不留情。

但她畢竟久病虛弱，沒多久黃玉就站起來，一口就咬在祖奶奶的手臂上。

接下來的事情，黃琳覺得一定是夢，絕對不可能是真的。

祖奶奶抓破了黃玉的左臂，硬拖出一株血淋淋的植物。根莖葉俱全，甚至開了花，花瓣不斷掉落。

那花張牙舞爪似活物，勒向祖奶奶。

「小看我？」祖奶奶披頭散髮的抓緊那棵植物，「我可是一方之巫哪！」僵持了一會兒，那棵植物鑽入祖奶奶被咬傷的傷口，就消失不見。

晃了兩晃，黃琳昏了過去。

清醒之後，一切都變了。

姊姊的絕豔在傷後徹底枯萎，甚至氣色慘青，手臂被撕去了大塊血肉，傷癒後留下很大的疤。

她又哭又嚷，說祖奶奶無端咬她，成了妖怪。黃琳嘴笨，說不過姊姊，再說祖奶奶完全變樣，祖父和父親當然相信了姊姊。

從那天起，徹底變樣的祖奶奶被關在後院的石屋，只有一個小孔送飲送食，更不准任何人見她一面。

黃琳為此拖到二十四歲不肯出嫁。姊姊招贅了一個姊夫，但夫妻感情甚惡。祖父已經過世，她若不在家裡，誰來顧祖奶奶的飲食穿用？但連父親都過世以後，她在家裡實在待不下去了，被姊姊硬嫁給有六個小孩的鰥夫。

嫁給什麼人，她倒無所謂。只是以後阿太誰照顧呢？姊姊夫妻是不可能的。自從那一夜之後，姊姊恨死了祖奶奶。

穿著嫁衣，她嗚嗚咽咽的坐在石屋外，哭泣不已。

「……阿琳，」祖奶奶的聲音依舊輕慢，「妳是好孩子。那人雖然是鰥夫，為人甚好，孩兒們也聽話順從。妳這樣心性，嫁過去也不會太吃苦。我雖囚居，但也無所謂飲食……妳不如好好建立家庭，讓我了最後一樁心事。」

她大哭，讓媒人眾人拖著，這才嫁了出去。

丈夫憨厚老實，覺得這樣年輕的小姐嫁來他這吃苦，凡事體貼溫順。孩兒們有些可憐兮兮，生恐後母荼毒，知道她溫柔善良，很快就貼心起來。

真如祖奶奶說的。

但她返家探視時，姊姊若無其事的告訴她，有人把祖奶奶買走了，給了很大一筆錢。

她驚怒交集，渾忘了懼怕，「她是養我們這麼大的阿太啊！妳連自己的阿太都捨得賣？妳對得起黃家的祖宗牌位嗎？若不是阿太捨生，妳現在早成了妖怪！阿爸阿公相信妳，但我可是親眼所見……」

「她害我！」黃玉大吼，「她害了我一輩子！變成妖怪又怎麼樣？那花兒答應讓我成為世間最美的女人，享盡榮華富貴！若不是她多事，我現在早就享福了，需要繼承這個又破又小的中藥店，嫁一個沒出息的窩囊廢?!祖宗牌位有什麼了不起？哪個庇佑我？」

她勢若瘋虎的抓起神明桌的公媽牌位，拿來打黃琳，「讓妳說讓妳說！這麼孝順，就死去孝順，敢排喧我！」

黃琳挨了幾下打，她的丈夫氣紅了臉，一把奪下來。黃玉還不依不饒的撒潑，撕髮撞頭。

氣得直掉眼淚，她想到這麼大年紀的祖奶奶，變了個樣子，居然還讓姊姊賣了。不知道賣哪去……不禁嚎啕起來。

「……阿琳，莫哭了。」扛著黃玉撒潑，她老實的丈夫抱著黃家公媽牌位，「咱們慢慢訪去，總會找到的。我看，我們也把公媽請回家，做人最要緊是孝順。」

就為他這句話，她死心塌地的愛了她丈夫一輩子。真是良人呢，這麼有情意。

訪了好些年，卻訪不到祖奶奶的消息。直到她懷孕了，日日啼哭，才得到祖奶奶一封簡短的信。

她說她已非世間人，來買她的是來渡她出紅塵的。原本不能掛念塵世，但黃琳日夜啼哭，擾了她的修行。終究這一點血脈還是得斷了緣，要她以夫子為念。

說到底，她是不相信的。祖奶奶一定是怕她掛心，才故意安慰她。但她又希望是真的，祖奶奶真的跟了菩薩去修行，了了塵緣。

她這一生，真的是夫憐子愛，連前妻所生，十個孩子，熱鬧壞了。早起上當年祖奶奶的年紀，但兒孫都很孝順，工作學業忙成那樣，還排著班來探望她……丈夫去年過世，她堅持要去養老院，兒孫不知道流了多少眼淚，哀求多少次，看她意志堅決才讓她去。

現在她在養老院過得還好，心安理得的，不拖累子孫。只是日日念佛，希望替孩子們積點功德……也替祖奶奶回點福報。

阿太一定還活著。她相信。阿太可是一方之巫啊！

* * *

「這麼看了幾十年，妳不煩？」葉冷一臉厭煩，「喂，跟妳說話呢。」

金櫻子恍若未聞，只是站在搖搖欲墜的樹梢，望著正在專心念佛的老太太。

「不理我?!」葉冷暴跳起來，「我手上可是有妳的賣身契！」

金櫻子不答言，倒是一腿把他掃下樹梢，繼續注視著她人間最後的眷戀。

葉冷齜牙咧嘴的飛跳上來，「……我吃了那老太太，看妳理不理我！」

「試試看。」她臉孔一冷，手臂皮膚迸裂，竄出無數花枝，毫不客氣的劈頭鞭打了一頓。

葉泠左支右絀，心底連連叫苦。當初買了她原本是要報復，哪知道來得太晚。這個老得快死的老虔婆，不但徹底降伏了禍種，甚至可以反過來為己所用。他恨極了，卻又打不過。

只好窩囊的丟下她，轉頭苦修。

可憐他原本就只是小魔，來不及修得高深些，就被少年時的金櫻子封在人身內，轉移也轉不掉，重新修魔又不可能。只好改修人類的道，但比起魔頭的進度真是慢如烏龜，又不時被心魔干擾。

好不容易修出點苗頭，興沖沖的跑回去，想說趁老虔婆還沒死之前，有機會報仇。哪知道買回來一看，面對的是返老還童，早已經嫻熟操縱禍種的金櫻子，除了磨磨牙齒，只能摸摸鼻子回去用功。

匆匆又過了十年，他閉關這麼久，自覺得已晉級高手之列。所謂君子報仇三年不晚，他風魔報仇加了三倍，總該如願吧？結果把她扔著不管，她不但更強還更美，甚至若無其事的開了家小中藥店，自顧自的安心生活了。

尋仇未果，還差點被金櫻子打死。結果和她少年時相同，最終還是猶豫不決。這女人就是沒膽殺人。

「饒了你去，別再作惡了。」金櫻子淡淡的說，「更不要來煩我。」

「免談！」只剩一口氣的他，非常虛弱的獰聲，「最少妳也跟我睡一次！我可是把妳從石牢裡頭買回來的……知恩不報，是巫的作風麼?!」

她緩緩張大眼睛，「……你還真是風魔哩。我今年九十四啦！都是太祖奶奶了，你要跟我睡？」

「怎麼啦？」他勉強坐起來，挺起胸膛，「老子今年三百歲了！妳還是小姑娘呢！」

她露出一種又好笑又無奈的神情，想了幾分鐘。「好吧。不過我已經幾十年不識風月，實際上也只算春風一度。」她聳肩，「別太失望。」

「……啊？」葉冷瞠目結舌，原本只是想難她一難，讓她生氣也好。沒想到她這麼乾脆直爽，還主動把半死的他拖去臥室。「我身上還有傷啊～妳要作什麼？作什麼？非禮……啊～」

想到這個他就氣悶。雖然道行不高，好歹他也是風流倜儻的魔，向來只有他襲擊姑娘的，沒想到被個妖人襲擊了。

但吃過禍種，別的女人就沒滋味了。真的被活活坑死。

或許是因為身為魔的自尊，也可能是這具軀體殘留的男性尊嚴。他雖然屢屢去尋金櫻子，和她決鬥（然後被打敗），與她共床（被榨得很乾），隔段時間他就不聲不響的去修煉、閉關，希望下次回去就能打敗她。

糾纏了六十年，他的勝績是……零。

這讓人（也讓魔）怎麼不抓狂?!

「夠了沒有?瘋婆子!」被打了一臉的傷，葉冷暴跳了，「要吃早吃了，等到現在，還會先通知妳唷?!妳動動腦子好不好……」

「磨了這麼多年，還是心心念念想吃人，不能饒你去。」金櫻子淡淡的，枝葉攻勢卻更為凌厲，瓣花葉落，看似柔弱，卻鋒利如刃，葉冷徹底膽寒了。

「要打回家打，在外面教訓男人很威風麼?!」葉冷大吼大叫，「好歹也顧一下我的面子！我沒面子，妳就有面子？」

金櫻子考慮了一會兒，「也對。等回花蓮再說吧。」她收了枝條，瞬間退回體內，只餘淡到幾乎看不見的疤。

葉冷揩了揩額頭的汗，心底感到很悲傷。原本他打算閉關個二十年，結果兩個月就心浮氣躁的跑回來。想這老虔婆作什麼？唉，都是禍種惹的禍。想他這樣英俊瀟灑、風流倜儻的風魔，居然被剋得如此之死，想來大仇永遠也報不了。

「千里迢迢跑來，就遠遠的看，能看出什麼？」葉冷沒好氣，「看了幾十年，妳不會去跟她講句話？」

「說什麼？」金櫻子反問，「說她崇拜的祖奶奶是個妖人？」

「比妖怪還可怕的妖婦。」葉冷咕噥著，防備著金櫻子再出手。

她卻只是茫然的注視著自己的曾孫女。「……她命不長了。壽算到了，將無疾而終，一睡而去。我來見她最後一面……最後一個，記得我的人。」

葉冷沒經過大腦就嚷，「那我算什麼？」

「你不是人。」金櫻子淡淡的回。

「誰說我不是？」他勃然大怒。

「好吧，你是人。」她無奈的轉口。

「誰說我是？」葉冷更生氣，「老子是魔！誰是人啦？妳亂講！」

「……隨便你。」金櫻子的愁緒被他亂得一絲不剩，「不管是什麼……智商都很低，這是確然的。」

「金櫻子！」葉冷吼了起來，像是當空打了一道雷霆，「今天我絕對饒不過妳！」

沒多久，葉冷的火氣就消了，而且懊悔不已。

金櫻子屬於遇強則強的那款，葉冷有多認真，她就有多認真。小打小鬧只是皮肉傷，既然葉冷動了雷霆之怒，金櫻子就很認真的將他的四肢關節都卸脫臼，讓他倒在地上動彈不得。

沿著他畫了一個人形圈，像是交警在畫車禍失事現場。「你先歇一歇，也不見得太痛……」金櫻子心不在焉的囑咐，「修道人哪來這麼大火氣？我去去就來……」

「等等，妳別跑！」葉冷大吼大叫，無奈掙扎不起，「上回妳那麼說的時候，把我扔了兩天！不要跑啊金櫻子！最少把我的脫臼接上……」

怎能接上呢？一路在樹梢飛奔一路想，接上你一定來搗蛋的。

現在是要緊時刻，哪能讓你來搗蛋呢！

她果然算得很準，剛好見到曾孫女的最後一面。

已然離魂，卻一臉茫然害怕。一睡而終，眼前是未知的旅程。來接她的使者一凜，有些擔心的看看這位身分特殊、曾為神媒的妖人。

「莫慌，我只是來道別的。」金櫻子淡淡的說。

黃琳認出了她，瞬間化成十幾歲的小姑娘，皺著臉帶哭聲，「阿太……我害怕。」

「不要怕。」她溫柔的說，「妳很充實的走完這一生，女人的一切都已完全。只是往另一個旅程走去了……我一直都看顧著妳，不用害怕。」

只能看顧，完全不能插手。再怎麼心疼淚彈，還是得硬著心腸讓孩子自己走。

「……阿太，不要這樣。」黃琳在她懷裡抬頭，「夠了啊，我已經知道了。妳不用辛苦了……我、我不害怕。」

這瞬間，她湧起了辛酸的感傷和淡淡的驕傲。「去吧，好好走。」

使者攙了黃琳的手，望著半成妖的前任神媒，「阿彌陀佛。」

「煩勞您了。」她躬身，使者慌忙回禮。

一步一回頭，戀戀的，黃琳隨著使者消失在虛空中。

站立了片刻，她側坐在床邊。明明知道，床上的不過是曾孫女的遺蛻，明明知道她早已走遠。撫著冰冷的額頭，金櫻子依舊淚如泉湧。

這傻孩子居然帶著銘刻著金櫻子的金墜子。這還是她送的，這麼多年，居然沒放下過。

生育過孩子，抱過孫子、曾孫女，只有阿琳問過她，為什麼叫這名字。

金櫻子出生在一戶有窯場的農家。

父親自認是手藝人，不耐農事，但窯場的生意冷淡，都靠母親忙裡忙外，種幾畝田貼補維持。陣痛的時候，母親還冷靜的煮好晚飯，讓父親和哥哥姊姊吃，才去門後鋪了一點稻草，堅忍的自己生產，用柴刀斬斷了臍帶。

廚房大灶還有點熱水，她胡亂的幫新生嬰兒洗浴，就用襁褓包好，結實的背在背上，趁著還有月色，到門口的田裡插秧。

新生兒應該沒有記憶的，但不知道為什麼，金櫻子像是親眼目睹般，總是浮現這一幕。母親蒸騰的汗，煙霧朦朧的月暈。

返家時，一株金櫻子勾到了襁褓，母親解了好一會兒才解下。她望著月長歎一聲，「那就叫金櫻子吧。」

她一直到最近才翻到植物圖鑑，沒想到只開小白花的金櫻子，就是他們日常所說的山石榴、野石榴，草藥方子叫做金英。更沒想到的是，這箇單細弱的小花，居然也是薔薇科薔薇屬的，說起來和月季是親戚。

難怪她精於卜算的師傅一知道她的名字，就憐憫的頻頻嘆息。

她行三，上面各有一個哥哥和姊姊。但她並不是最後一個孩子。在她之後，出生了五個弟妹。原本薄寒的家庭更捉襟見肘，到大哥要娶媳婦時，更是雪上加霜。

筋疲力盡的父母，送了兩個妹妹去當童養媳，收了微薄的津貼，但還是湊不足聘禮。至於金櫻子，當童養媳太大，賣到查某間太小……結果父母把她賣給一個尪姨。

其實，家裡再怎麼過不去，一般人家還是不願把女兒給尪姨帶去裝神弄鬼，左鄰右舍對她的父母很不諒解。

只有她明白，沒賣去煙花就很好了，畢竟在那個年代，傳宗接代才是大事。那年她才十二歲，操持家務外，還要幫父親作水缸水盆。她被賣掉只有父親皺眉頭，因為以後他都得自己做了，工作量多了好幾倍。

當初賣斷就說好決不回頭，她也就跟著師傅離開那個貧窮的山村，再也沒有回去過。

她的師傅是半路出家的。因為沒生孩子，被夫家休了，娘家兄嫂朝打暮罵，她受不了逃出來，跟了一個平埔族的尪姨作佣人，學了一點把戲，之後又跟個師公鬥陣幾年，也學了點小法術。

師公死了以後，她自稱得了真傳，開始她裝神弄鬼、三姑六婆的生涯。

雖然她不是多正統的尪姨，但她心地慈軟、言語和善。雖說是騙人的把戲多，真才實學沒幾招，但也不願與人為禍，信仰虔誠。她會買下金櫻子，一半是為了養個送終的徒弟，一半是聽說她的父母在找門路賣去煙花，憐憫之故。

沒想到她一時心慈，卻意外發掘了金櫻子的潛能。沒兩年就把她會的幾招真正法術給學全了，甚至成了正統乩身，顯現出一方大巫的氣魄。

明裡暗裡，這個年紀輕輕的尪姨學徒，料理了多少大事。就是這段時間，和葉冷結下仇怨。

但師傅什麼都教她，卻不肯教她卜算。即使卜算才是師傅學得最全的。

實在是師傅將她養下，就替她卜算過未來，名字疊命運，竟是無可迴避的悲慘。但這徒弟孝順聽話，她著實不忍，終究還是在病死前替她策劃了一切。

艋舺有家小有名氣的中藥行，還沒娶妻的獨子重病，卻束手無策。所謂病急亂投醫，醫藥無效時，就投到金櫻子師徒這兒求助。

那時的金櫻子才滿十九歲，已經很有名氣。但卜算還是得靠她師傅。

師傅問了八字，仔細排算，沉吟了一會兒。「早已不成了。先生，別怨我說得難聽，閻王要人三更死，誰敢留人到五更？這些禮金拿回去吧，別說我，我們金櫻也不能。」

一聽如此，黃家先生漫了淚，「師娘，妳也想點辦法，我就這個獨子，黃家香火不能斷在我手底。」

「命是留不成，緣盡了，撒手吧。」師傅誠懇的說，「但香火倒還有希望……只是我們金櫻是黃花閨女，又身分不當，還是罷了吧。」

別說黃先生大驚，金櫻也愣住了。「師傅，您說什麼話來？斷斷不可！」

「我就說是行不通的。」師傅不動聲色，「黃先生，請回吧。」

但黃家先生回去沒多久，他的獨子病得更重，眼見只剩一口氣，他自己就是名醫，也知道是不成了。和娘子商議，請了大媒，就來求聘金櫻子。

雖說父母之命、媒妁之言，但要嫁個快死的人，金櫻子還是不太甘願。不嫁人留個清白身子，也好歹可以說是神媒，這一嫁不就混了？她大哭的拉著師傅的裙裾，不停哀求。

「……妳這孩子，命中註定早寡。」師傅也哭了，「到晚年還有一大劫，生不如死。想來想去，我怎麼推算都沒生路……黃家是積善之家，說不定還可以讓妳得享天年，而且這樣人家不該絕後。兩全其美，怎麼不好？

「妳以為三姑六婆這樣日子是能捱的？眼前年輕，我也還在。我若死了呢？誰來罩著妳這年輕姑娘？我這命也不久了，三、五年光景。妳若念這幾年養育之恩，就嫁過去，了三家心事，豈不是好？」

就這樣，金櫻子以尪姨身分嫁進黃家，曾經頗遭人議論。有人說金櫻子的師傅貪圖聘金，也有人說，金櫻子眼大心大，想高攀演了這一齣，眾人都說黃家給這對師徒騙了。

但明明快死的黃家少爺，卻又活了一年，甚至來得及看到自己的孩子出世才含笑而去。

沒幾年，原本是小傷風的師傅，卻猝然而逝，合了她的卜算。

只是師傅機關算盡，耗盡心血，還是沒讓她免去晚年那大劫。

親眼看著自己的兒孫一一撒手，現在連曾孫女都走了……果然生不如死。

金櫻子的眼淚一滴滴的滴下來，落在曾孫女蒼老的臉上，像是她也同聲一哭。

守到窗外透出微光，人聲漸盛，有人發現了黃琳已死，她才悄悄離開。

原本想攔住她的門神一凜，一副不知所措的樣子。

原本我是尪姨，鬼神聖潔的容器。金櫻子想。即使結婚生子也沒泯滅這種潔淨，一直到七十歲才敗給命運，正式上表請求去職。

現在，現在。現在成了門神遲疑著該不該拿下的妖人。

她躬身作揖，門神本能的還了一揖。金櫻子轉步離開，門神想開口，終究還是閉上，反而嘆了一口氣。

讓她去吧，還不夠慘麼？這麼多年一直遙遠淒望，什麼也沒做……更沒打算做。

容她去吧。此地還有多少巫？容她去吧……

* * *

離了養老院，站在隨風搖曳的樹梢，金櫻子遙望著一碧如洗的晴空。看著日昇日落，東方月鉤吐出，吹起一天星。

她這才感到清風拂面，從長久的冥思清醒過來。一清醒，這林中所有的聲音一起湧上，最是響亮的，是葉冷的詈罵。

不禁啞然失笑。結識這樣久的時間，他這邪門的壞脾氣一直改不掉。污言穢語，偏組合得頗有創意。

幾個跳縱，她飛奔過半個林子，落在葉冷身邊。

「妳這個@#$%^&*～」他整串罵下來完全不用換氣。把人間能用的語言用完了，沒想到他還知道陰間的通用語。

有趣是很有趣，但太吵了些。「你這是求人的態度嗎？」她淡淡的問。

「死虔婆！快把我的關節接上，省得老子火起來，把妳先○後╳、先╳後○，又○又╳……嘎啊～」他還沒罵爽，就發出一聲淒厲。

金櫻子面無表情的踩在他脫臼的手腕上，那可不是一般的痛。「求人是這樣的態度？嗯？」她又問了一次。

「死老太婆！欠人○×的賤貨～我看妳在床上還秋個屁……啊嗚～」他叫得更淒慘。

金櫻子使了個千斤墜，讓他脫臼的手腕簡直要斷了。他痛得渾身冷汗，大聲討饒。「我錯了，我錯了！姑奶奶，老祖宗～」

「不是喊這個。」金櫻子慢慢的搖頭，慈祥的提醒他，「禮貌。」

「禮貌?!嘶……我的手……他媽的請謝謝對不起！拿開妳的臭腳，幫我接骨成不成?!」葉冷涕淚四溢的全身顫抖。

要不要饒他呢？金櫻子考慮了一下。魔本來就難教化，也是沒辦法的。根據她多年教養兒孫的經驗，逼得太緊反而易生叛逆。有點進步就算了，慢慢整治就是了。

她抬起腳，細心的幫葉冷把四肢的關節都接上，順手用妖氣滾了一圈，讓他的疼痛減輕許多。

困難的伸展四肢，躺了一天兩夜，他的腰都快斷了。他很想趁機偷襲……但過往慘痛的經驗告訴他，正大光明的打，頂多脫臼。若是偷襲……他想起被脫光倒吊在瀑布下「靜心」了一個月的恐怖，全身打了個冷顫。

「我走了。」還沒等他想好，金櫻子淡淡的說。

「喂，等等！」他已經決定了。武力上打不過，最少在床上找回一點威風。

「我全身痠痛，妳最少也帶我走……」他口裡哼哼唧唧，鹹豬手摟住金櫻子，就開始不規矩了。

金櫻子看了他一眼，「真要我送你回去？」

「當然，妳總是要負責一下吧？把我打成這樣！」葉冷非常的理直氣壯。

金櫻子考慮了會兒，「好吧，既然你都這麼說了……」她的手臂滾出無數藤蔓，捲住葉冷，提高之後，開始甩。

上回幾個孩子去她那兒作陶，聊天聊到離心力和拋物線，她聽得有趣，還沒機會實驗。現在大約就是那個機會了。

轉了幾圈蓄積力量，金櫻子輕喝一聲，將葉冷拋了出去，他札手舞腳的在空中慘叫，越去越遠。

理論上，應該比她還快到家。誤差大約只有一、兩個縣市而已。

手搭涼篷，已經看不到葉冷了。

舉步要走，她的裙角被鉤了一下。

低頭看，楚楚可憐的小白花，沾著夜露，閃閃發光。同名的本命花，野石榴、金英。

蹲下來解開糾纏，露珠如淚般滴下。

感時花濺淚麼？

但感時的何人，濺淚又是誰？月影靜默，花亦無言。她在林間佇立，也將自己站成帶著夜露的金櫻子。

之二 入魔

金櫻子慢慢的坐起身，黑暗的房間中有可疑的沙沙聲。

坐到床沿，她的長髮忽然一緊，她從肩上回頭，看著只剩拉頭髮力氣的葉冷，「嗯？」

老天，她真美。而且不是人類的美，是揉合了濃重妖氣的美。筋疲力盡的葉冷心臟狂跳起來，無奈已經用盡力氣。

金櫻子正背對著他，長髮散亂，間隙可以看到雪白的背……和從許多細小傷口長出來的翠枝嫩條，碗口大的花豔紅怒放，飄著帶著毒藥般的致命和金屬餘韻的芳香。

枝條處迸裂血花，濃郁芳香加上甜腥血氣，極妖而冷然的女體。讓原本是風魔的他每次見了都要發狂。

「……妳、妳想去哪？」葉冷喘著，「我只是歇口氣！」

金櫻子原本想說，「精盡人亡」是真有這回事的，但想到他曾經逞強到「精盡而繼之以血」，決定不要太刺激這個驕傲的魔。

「我累了。」她淡淡的說，「想睡覺。但我不慣與人睡。」

既然有這現成的台階下，幾乎暴斃的葉冷鬆了手，沒一會兒就鼾聲四起。

雖然兇殘難以教化，心思卻意外的單純。聽孩子們互相罵對方草履蟲，就是指對方像單細胞生物沒長腦子。這拿來形容葉冷倒貼切。

她走入自己的臥房，隨手拿起一件長衣，就入了浴室洗浴。走動間，花瓣和血珠滾落地板，卻詭異的沒多久就消散殆盡。

扭開蓮蓬頭，她站在底下閉上眼睛、仰著臉。若說時代變更如此快速有什麼讓她喜愛的，大約就是潔淨而方便的蓮蓬頭。

熱氣朦朧，她身上蔓長的枝條才緩緩退回去，在皮膚表面留下一個幾乎看不到的疤痕，即使撫摸，也不太感覺得到。

壓抑操縱禍種這麼多年，她早已嫻熟，只有激情時不受控制。頭回和葉冷睡的時候，差點絞殺了枕邊人。

這魔頭不但不怕，還屢屢回顧，像是上了癮似的。她也就無可無不可的讓他一再回來。既不是很討厭，也不很煩人，也就無所謂貞節不貞節。

但她畢竟是生在清末的老奶奶，守著那個年代的道德規範。即使只是「鬥陣」，難聽點就是「姘居」，她也沒打算拈花惹草。

一個男人就夠煩的了。

等她洗浴完畢，身上又白淨光滑，地上僅留一些還未化盡的花瓣。她套上直到腳踝的長衣，斜倚在床，拿著唐詩三百首在床首看。

這是她每天臨睡前，最悠閒的時光。

這習慣還是年輕時課子留下來的。

她雖然沒受過正式教育，但自命真傳的師傅教她讀道經、算數。嫁入黃家時已經先識了幾千字。

丈夫過世後，婆婆哀痛過甚，臥病不起。剛坐完月子的她，內要照顧婆婆、幼嬰，外要幫著公公包藥、招呼客人。認著藥櫃的藥草名對藥方，記著帳，讀寫算數又更精了。

等孩子上了私塾，她一面看店，一面課子，邊學邊教的，也把百家姓和千字文讀了個爛熟。教大了孩子教孫子，孫子大了教曾孫女……她頂多念到百家姓和千字文，四書五經就沒精力了，但這點東西就夠她教三代了。

兒子在燈下唸書時，她隨手拿了他的一本唐詩來看，驚訝居然有這麼美的文字，雖然一直沒讀懂，卻維持這樣的習慣：臨睡前讀幾首詩。覺得心境安詳平和，才去睡覺，比什麼心經淨符有效多了。

她正讀到「江靜潮初落，林昏瘴不開」，默想著如此壯闊的景致時，一陣急促的敲門聲打斷了她。

奇怪，這麼晚了……她瞥了一眼時鐘，兩點多。會是誰呢？她才放下書本，隔壁就傳來一聲怒罵和粗暴的開門聲，她微皺眉，走了出去，一把抓住只套了件長褲，怒火中燒的葉冷。

「別攔我！敢擾老子睡覺……」他氣得直跳，葉冷素來有起床氣，何況他才剛睡著，「就算天皇老子來敲門，老子也一口吃了他……」

金櫻子眼神轉冷，微微抬高下巴，「回去睡。」

就這麼三個字和眼神，就讓葉冷打從心底發寒。殊不知金櫻子為母多年，鮮少打小孩，個個卻服服貼貼，就因為她內蘊一股不怒自威。她堅持小過小錯把道理講明白就好，大過大錯或屢勸不聽，就會大動家法，讓兒孫們永誌難忘。

她拿這套管教最不受教的魔人葉冷，真是因材施教，適合的不得了。不知不覺，無須動刀兵，眼神就壓得葉冷不得作聲。

但她若只會一味用強，就不是黃家祖奶、慈惠一方的大巫了。

「我去看門就好，不過小事，何須動肝火呢？」她聲音柔和，按了按葉冷的手，「這是女人家的事，你去睡吧。」

葉冷大感面上有光，「半夜吵人！給不給人睡呢真是……」走路有風的回房睡去。

果然是單細胞生物呢。打開門鎖的時候，金櫻子想。大棍子和紅菜頭的方法對他真是百試百靈。

一張佈滿淚痕和皺紋的臉在門外，「阿櫻……」她悲泣不已。

還沒五十呢。金櫻子滿心憐憫，趕緊把她讓進來。

「允武又打妳嗎？」她輕聲問，扶著婦人坐下，「還是送去醫院吧。」金櫻子含蓄的建議。

婦人卻拚命搖頭，「他、他平常好好的……真的快好了！是他爸爸說要離開家，他、他才……」

輕嘆一聲，金櫻子倒了杯異香異氣的冷茶給她，「定定神，我在聽。」

這婦人夫家姓王，大家都喊她王太太。本來一家人普普通通的過日子，就生了個獨子。雖然那孩子老斜著眼、鬼祟的偷看金櫻子，但王太太倒是個歡快又沒什麼心機的婦人。認真要說有什麼缺點，就是疼孩子了一些。

但現在的人生得少，偏疼些也是有，她就不怎麼看得出來有什麼問題。別人家還更寵，孩子也是活潑健康的長大。

王允武呢，長是長大了，大學也考上了。念了一個學期，就因為精神狀況休學了。回來以後很偏激，怨天怨地，怨父親不關心，怨母親保護過度，怨同學都看不起他，那些賤貨（他的女同學們）只會耍他，欺騙他的感情。

王太太提起來就淌眼抹淚，不斷責怪自己。像是責怪自己還不夠，連她的丈夫都推到她頭上。更因為允武動不動就吵吵鬧鬧，王先生受不了，乾脆打算一走了之。

王太太還沒來得及哭，允武就發狂了。他和父親扭打成一片，夾在中間的王太太還被打了好幾下──雖說之前偶爾也會被兒子打──但這次實在鬧得太厲害，鄰居報了警，王先生一怒之下提出告訴，現在父子倆正在警察局折騰。

她不知道該怎麼辦，鄰居都是有夫有子的人，不好干涉，想到金櫻，她就哭哭啼啼的上門來了。

「父子家哪有那麼大的寃讎。」金櫻子淡淡的說，「等我一下，我換件衣服就跟妳去警察局。」遞了條手帕給王太太，就轉身回房換衣，隨後扶著哭到無力的王太太去警察局了。

折騰到快天亮才保出來，王先生堅持要走，王太太還死哭活哭。金櫻子淡然的說，「攔得住人攔不了心，大難來時還是各自飛。」

王先生臉上掛不住，想發作脾氣，觸及金櫻子冷冰冰的眼神，居然一陣發冷，訕訕的拿了皮箱就走了。

允武還在跳，金櫻子在他眉心彈了一下，冷然說，「莫惹我。」他全身一顫，居然安靜下來，縮成一團輕顫。

王太太抱住他，即使是打母的逆子，還是她的心頭肉。就因為這樣，才一直拖下來……雖然並不是太棘手的事情。

她安頓好王家母子，滿懷心事的回家。葉冷已經醒了，只套條長褲，一面搔著肚子，一面煎荷包蛋，看到她皺眉說，「才回來？只有土司和蛋喔。」

「嗯。」她開冰箱拿鮮奶。

「幹嘛把別人家的棺材抬回來哭？」葉冷嗤之以鼻，「那小子已經完蛋啦！不如賞他個痛快。」

「不忍心。」她倒了鮮奶，也沒喝，就坐在桌前沉思。好一會兒她抬頭，「葉冷，一直忘了問你，你奉養了李阿大的母親嗎？」

葉冷將裝著荷包蛋的盤子惡狠狠的往桌子上一摔，幾個蛋都跳起來。「妳、妳……妳還敢問！妳逼著我立了誓約，害我養那老太婆十來年，還得喊她娘！她娘的！老子從小當好漢，從來沒吃過這種虧……」

「那就是有了。」她陷入思考中。

葉冷終於明白她想做什麼，不禁瞠目，脾氣也忘了發。「……金櫻子，妳撞到頭？當初我附身李阿大，吃掉他的魂，能這般完美潛伏結合，乃因為我是魔。」

「你代替了李阿大的魂，所以現在以人的身分活著。」金櫻子心不在焉的回答。

「……妳也知道？」葉冷叫起來，「但吃掉那個白癡的是魅，魅啊！妳知道魅是啥對吧？連妖怪都不算，更不是人魂欸！那是……」

「我知道。」金櫻子無奈的打斷他，「我都知道。」

魅乃是陰氣所化，無知無識，飄飄蕩蕩，靠吸收生氣維生。這和魑魅不同，別是一般，別說排不上妖的行列，連精怪都不太沾得上邊，是種介於生物和非生物中的妖異。

當然也有魅成妖的，但那是附體轉化，或吞噬夠多的魂長出靈智，之後勤加修煉，才勉強可以化妖。

同樣是附體噬魂，跟葉冷比起來，一個在天一個在地。葉冷雖然被她禁錮制服，但還能完美的融入那具人類軀殼，甚至可以修道。但那魅形成不過十來年，靈智低下，僅記得食慾而已。現在還能說話行動，是複製了被吞噬的魂，宛如鸚鵡學舌。

就是這樣，她才猶豫不決。若是拖出陰魅不難，難的是連鸚鵡學舌都沒有，這具空空的軀殼恐怕就成了植物人，王太太恐怕受不了。但要脅迫陰魅如葉冷般，它又沒有足夠的靈智了解那麼複雜的誓約。

「照我看，那人類是活該，並不是倒楣。」葉冷哼了一聲，「若不是自格兒發神經，心底蓄滿讓人舒服的陰暗卑劣，誰想吃那種魂，又誰有辦法吃？跟妳非親非故，有什麼好管的？想妳當初待我那麼狠，倒縱容那混蛋平安過那麼多年……」

「我倒是懊悔當年沒除惡務盡。」金櫻子輕嘆一聲。

「……妳給我說清楚，金櫻子！」葉冷把杯子朝地上一摔，潑了一地牛奶，「怎麼啦？我是什麼地方讓妳不滿意？明明昨兒晚……」

金櫻子沒理他拚命吹自己在床上多英勇的事蹟，只是冷下眼神，手臂滾出無數藤蔓，「摔杯子的罪，可是很重的。」藤蔓破空響亮的一鞭，「你覺悟了麼？」

＊　＊　＊

癱在床上的葉冷一聲不吭，滿頭滿臉的傷，一條腿已經上了夾板。

金櫻子知道他氣瘋了……不然早哼哼唧唧，撒嬌裝癡，撈點口頭便宜也開心。但她只一臉平靜的磨著藥草調傷藥，也不說話。

實在是金櫻子活了百來歲，和男人來往的經驗實在寥寥可數。雖說她十九就嫁人，但黃家少東本來是讀書人，溫和靦腆，又只剩一口氣。若不是金櫻子用她師傅僅會的幾招道術損壽十年來換丈夫的十日健康，黃家非絕後不可。

相處僅僅一年，說什麼柔情蜜愛哪有那麼簡單，何況之前根本是陌生人。小夫妻客氣得要命，連丈夫過世都還來不及感傷，就一頭栽入侍奉公婆、撫養幼兒的忙碌漩渦。

之後她的媳婦、孫媳婦都年少過世，她從少年勞碌到老，又普受地方尊敬，不免將所有的男人都看成子姪兒孫，就算讓禍種寄生，又和葉冷在一起，也改不過來。

對待男人她只知道一種方法：恩威並施。葉冷這個離不開她的倒楣鬼，也遭受了同等待遇。

摔個杯子本來沒什麼。但一來她覺得對葉冷有責任——畢竟讓他這樣不上不下的，終究還是自己。二來，她對葉冷很了解，給分顏色就開染房，深諳得寸進尺的精髓。這次容了他去，將來就更難管教。

但她沒意識到葉冷不是她的孩子，而是她倒楣的枕邊人。雖說已經如此親密，但對情愛，她實在比個十五歲的小女孩都茫然無知。

調好了傷藥，她正要抹上葉冷的額頭，恢復力氣的葉冷將她的手撥開，冷哼一聲。「上什麼藥？反正妳還是會打我，還有什麼好上的?!」

金櫻子卻沒發怒，只是輕輕嘆息，「葉冷，你脾氣要改改。現下你是人了，在家裡砸杯子不打緊，出了門去呢？沒事也惹出事來。」

「要妳貓哭耗子？」他更乖戾，「我看誰能動動我?!不要命的儘管來！」

「連我都打不過，還逞什麼強？」金櫻子冷冷的說，看他臉孔漲紅，也不想讓他更擰性子，「比我強的人多得是。你性情這樣浮躁，修道就不容易。這人身是你最後的機會了。」

他沒答腔，只是將臉扭到一邊去。金櫻子也不惱，只是就她瞧得見的地方抹上傷藥。

「平時要妳多說幾句話也難，只有這時候才嘮嘮叨叨。」葉冷忿忿不平，「還說要除惡務盡！」

金櫻子啞然片刻，不禁失笑。「咱們平常不老拌嘴？你罵了幾千次老虔婆我都沒生氣了，擱不住一句？你可聽過我跟別人說這麼多話？」她伸手輕輕將葉冷的臉轉過來，沾了點薄荷香氣的傷藥繼續抹。

冷不防的，葉冷拉住她的手，不顧腿疼，硬把她壓在身下。金櫻子也沒掙扎，苦笑著抹著他臉上的傷口。

葉冷抓住她的手，滿眼陰霾，「別管了，讓妳打這麼多年，死不了。」他欲言又止，滿臉掙扎，卻又死死的壓著她，像是怕她跑了。

是怎樣？這大剌剌的傢伙今天吃錯藥？

金櫻子轉思一想，皺起眉頭，「若你出遊的時候有了心上人……你知道規矩的。」

葉冷臉色都變了。雖然知道抓著也沒用，還是掐住她兩隻手，「沒有！他媽的！老子早就沒有了！喂，講理啊！以前沒遇到妳娶的那幾個，該離婚的我也離婚了，該分手的我也分手了，妳答應我既往不咎！」

她先是愣了一下，忍不住笑出聲音。葉冷替李老太太送終以後，卻沒膽子去尋金櫻子報仇。沒了誓約束縛，他在人間浪遊得好不快活。附體的李阿大身材魁梧，相貌堂堂，又多了葉冷魔族有些邪氣的氣質，真真風流倜儻。

娶的女人恐怕不下於一打，更不要提露水姻緣。可男人薄倖，真是不分種族。他膩了就塞大把錢，把老婆一扔，跑到別處風流快活，另娶一個，惹了一大堆風流債。

人說夜路走多了會遇到鬼，他沒遇到鬼，卻撞到金櫻子……偶爾他也會覺得是報應。

他剛跟金櫻子在一起的時候，吹噓他妻妾成群，沒想到觸到金櫻子的逆鱗。金櫻子馬上把他扔出大門，說她從來不跟人搶丈夫，反而勸他男人要有擔當。

金櫻子想得也很簡單，她一生不靠男人過日，反而是她養著兒孫。但其他女人柔弱，需要當家的男人。她向來自食其力，何必去搶柔弱女子的丈夫？

但可把葉冷氣懵了。打也打不過，偏偏沾過禍種，他對其他女人都沒興趣了。在門首發愣了半天，只好咬牙離開。金櫻子以為不會再看到他了，沒想到一年後他又跑回來，鐵青著臉遞了一疊離緣書給她，離不了緣的……通常是已經老死，他又追不到陰曹地府去。

後來糾纏了幾年，金櫻子才跟他立了規矩，讓他進門。

「不然呢？」金櫻子狐疑的看他，「你這麼鬼鬼祟祟的。」

「……我只是、只是想問問。」他臉紅脖子粗的一扭頭，「怎、怎麼妳會肯跟了我？」

金櫻子睜大眼睛，噗嗤一聲。「這麼多年，你才想起要問？」她想了想，淡然的說，「因為你把我當成一個女人。」

葉冷呆著臉發愣，「……妳本來就是女人，誰不把妳當女人？」

金櫻子啞然失笑，「也只有你這愣頭愣腦的風魔才有膽跟我上床，真把我當成……」張了張口，她抿唇，沒想拿那些心思煩他，「誰能像你這樣慧眼視英雌呢？」

「那可是。」葉冷得意洋洋，「人類啊，就是眼睛不好使，只知道看嫩皮俏色，連好色都不道地，妳說能幹什麼大事呢真是……」滿心憤怨早扔到九霄雲外，雙手開始不規矩起來。

金櫻子卻沒阻他，溫順的隨他去。單細胞也有單細胞的好處，容易哄。只是她也不會對他說，除了他以外，從來也沒人當她是個女人。她是母親、祖母、阿太，更是地方上備受敬畏的尪姨。但她也曾年輕，獨自守過幾十年的寡，默默忍耐著春風空拂青紗帳，心井未必不生波。

或許，她並不是需要什麼肌膚之親，說不定，她需要的只是一些尋常女人都能有的憐惜回顧罷了。為了壓抑那種渴求，她花了幾十年的時間。別人都以為她穩重守禮，只有她自己才清楚，一直到年過半百，才徹底煉化了渴情的難關。

但煉化了情以後的她，卻一直覺得自己不過是具行屍走肉，頂著一個母尊的殼罷了。

被禍種寄生以後，她更萬念俱灰。連最後人類的殼都被破開了，若不是怕死了以後被禍種操縱，她心性堅忍又非常人所及，怕是早就輸給禍種，抑或是一死了之了。

她倒沒想到，早年讓她降伏的葉冷，會化成帶著魔氣的春風，吹拂她這只欠一死的妖女。

突然覺得旁人怎麼看待也無所謂了。連人的身分都被迫破棄，那些三從四德的窠臼，跟她又有什麼關係？曾經她對師傅與人姘居有些輕視，現在卻分外能夠了解師傅的心情了。

天棄地厭，人間不給她們這些女人活路。貪求一點體溫、若干溫存，不破人家不搶人丈夫，又有什麼不對呢？世人眾口滔滔，譏評嘲笑，又如何？誰體諒到吾等內心真正悽苦？

或許就是因為這樣，所以她對葉冷特別容忍，想把他引到好路上走。即使煉化了情的她，不見得殘存多少溫柔，也願意盡力給予。

無他，寶劍贈烈士，紅顏酬知己。

*　　*　　*

正站在蓮蓬頭下，閉目仰頭承著細密溫熱水珠。原本已經退回去的枝枒晃然奔出，指向相同的方向。

她倏然睜開眼睛，暗暗罵了一聲。果然養虎遺患，心軟不是什麼好事。她遲遲狠不下心，這餓慘了的孽畜，還是傷了人命。

猛然喝回所有枝枒，她連身都來不及擦，溼漉漉的套了直到足踝的長單衣，靜默的朝外奔。但終究還是遲了一步，等她趕到時，王允武掐著王先生，王太太抓著他拚命喊叫，卻不能讓王允武鬆手……當然這是凡人所見。

她看到的是，王允武張大的嘴裡吐出半個有著模糊人形的魅，正試圖將王先生被「擠」出來的人魂囫圇吞下。

「住手！」她厲聲，手腕滾出的纖細藤鞭迅疾的揮了過去，那魅見機卻快，膽寒的縮回王允武的身體裡，藤鞭正好打中了還沒回體的人魂，靈魂挨了大巫一下，雖說不見得太重，但也非同小可。王先生哀號一聲，軟軟的癱了下來。

雖說魅無甚知識，但總還知道生死關頭，惹怒了大巫勢不可免。他嗚咽咆哮，轉身勒住了死命拉他的王太太，結結巴巴的說，「退、退退退……退後！不、不不不然就殺……殺她！」

金櫻子沒有說話，只是冷面束手，冰寒的目光幾乎要刺穿了王允武，連寄身的魅都顫抖起來，實在沒有膽量跟前任大巫對抗，踉踉蹌蹌拖著王太太，逼她開車，還不斷口吃著威嚇金櫻子不要追來。

她不發一言，冷冷的看著王家母子絕塵而去。瞥了瞥暈厥於地的王先生，靈魂挨了一鞭，但既然她沒下殺手，頂多就是委頓一段時間，三、五年就能養好，原本就厭惡這種沒擔當的男人，遂連多望一眼也懶，更不要談叫救護車。

凍個一夜看能不能把那種涼薄性子改回來。她不無惡意的想。倒是王太太這樣的好婦人，不該落到如此下場。

至於王允武麼……她那鞭雖然沒打中，卻暗下了一個禍種的種子。雖說脫離她這母體活不了多久，但也夠讓王允武爆體而亡。她承認已經動了殺心，但總不要讓王太太過分傷心。

她三代為母，自然分外了解。

順著種子的氣息，她輕身飛奔，速度竟不比車輛慢多少，不多久就追上了……那魅居然棄車而走，直上美崙山而去。

即使是陰魅也戀舊土，想來這隻陰魅就出於此吧……遇到無法抵擋的大敵，也急著跑回自己最熟悉的地方。金櫻子閉上眼睛，枝枒藤蔓滾落於地，鑽入土裡，整個山就像縮得小小的，在她腦海裡呈現出來……那陰魅停在山頂附近，王太太正在一聲聲的喚他，求他快恢復理智，那陰魅卻反過來掐住她脖子。

金櫻子暗暗咬牙，正要讓種子發芽爆體時……王允武卻將王太太一推，左手抓著右手，含糊不清的吼，「媽……妳快走……快走啊！」踉踉蹌蹌的一頭撞上旁邊的山石，掙扎許久，又倒退幾步撞了上去。

「快逃啊媽～我對不起妳～快逃啊～」一頭鮮血淋漓，又哭又嚷，旋即哮吼如野獸撲向王太太，到了跟前又急煞車，反身往山石撞去。王太太要近前又不敢，只是拚了命的哭。

……天良猶未泯，陰魅沒吃盡麼？

千思百念，卻只有剎那掠過心頭。一念可入魔，但也一念可成佛啊……她閉上眼睛，將所有枝枒都灌入土壤中，發著清嘯，如東風過境，深夜的山林起了迴響的共鳴。沒有嫌棄她是成妖的前巫，齊齊發出鎮邪的嗡聲。

當金櫻子讓千萬草木藤蔓包裹起來時，王允武也讓千萬草木精靈捆住，強「擠」出無處容身的陰魅，從嘴裡拖了出來，絞個粉碎。

王太太當然看不到山根被包裹起來的金櫻子，也瞧不見草木精靈。她只瞧見發狂的兒子張大嘴僵了好一會兒，才頹然倒下，她衝過去抱著他喊，乖戾的兒卻流著淚，期期艾艾的一遍又一遍，「媽媽，對不起，真的對不起……媽媽，媽媽……」

她放聲大哭，好一會兒才哆嗦的摸出手機叫救護車。

就算是剿滅了陰魅，被吃殘的王允武……恐怕剩下的神智連料理自己都辦不到吧？金櫻子對著自己苦笑。這只是連累王太太後半輩子痛苦不堪……她一時感動，害的是一個女人幾十年的苦辛哪……

至於自己妄動一山之力，必須在這兒罰站到纏在身上的草木枯萎殆盡，倒不怎麼放在心上。

但她不在意，尋來的葉冷卻暴跳如雷。拚死命撥開半臂深的藤蔓草木，才看到金櫻子死灰的臉，氣得他拚命發抖。「關妳什麼事情？又不是妳老親，也不是妳近戚，犯得著嗎?!」

費了許多力氣，甚至發動他弱得可憐的三昧真火，才把纏身的藤蔓草木清乾淨，但金櫻子還是動彈不得。低頭一看，她的腿木質成根，竟是種在山根裡了。

葉冷的臉整個發黑，「……我不管妳了！妳是豬腦袋啊?!別人的棺材一定要扛回來哭？搞到身代獻山，有必要嗎？一刀砍了的事情，需要這樣……」

「我早已不是大巫了。」金櫻子平靜的說，「唯一能動用的巫術就是身代。這不是第一次，你又不是沒看過。次次這麼火大，我才要問需要這樣麼？十天半個月就能行了，你別在這兒陪我吹風淋雨的。」

「我好希罕在這兒嗎？」葉冷跳起來，「就說不管妳了！」他氣憤的轉身就走，臨走前就飛了道隱身符，沒讓她太驚世駭俗。

嘴裡嚷著不管，葉冷卻幾乎天天來。即使知道她這種狀態不用吃喝，還是一日三餐。一旦下雨，他黑著臉孔在旁邊打傘，不管來往行人注目。

即使金櫻子不問，他嘮嘮叨叨的把王家的事情都交代完了。總之，一個人也沒死，王先生清醒就搭車去台北了，王太太也不問。而王允武，自從發了那場瘋以後，生活已經不太能自理了，但溫柔和順，像是個五歲孩子似的，非常依戀母親，以前的暴虐絲毫不見蹤影。

十天後，金櫻子終於能夠舉步，只是馬上跌倒，被葉冷一把撈起來。他手臂緊了緊，咬牙問，「我若不在呢？」

「躺個半天也能走了。以前都會尋個風生水起的隱密地方，這回是太匆促了。」金櫻子淡淡的回。

葉冷把她狠搖了一下，臉孔漲得通紅，卻一個字也沒講，只是矮身將她背起來，全身繃得緊緊的，牙關咬得咯咯響。將臉貼在他背上，金櫻子向來保護得很好的心防，卻像是重重的被擊了一下，有些酸軟。

兩個人都默然無言，頂著細微的雨絲，濺著水花回家了。

對外都說金櫻子病了一場，等她開店門時，發現她面孔慘澹，瘦了一大圈，人人也真以為她病了，見人問她也只是笑笑。

她才能起來開店門，葉冷卻走了。左鄰右舍不禁有些微言和抱怨，她卻沒說什麼。「瞧我這樣糟蹋身體，他看不下去了。男人嘛，口拙心笨的。」

「也不能這樣啊，難怪妳不肯嫁，噯……」鄰居都替她嘆氣。

她也只抿了抿唇，沒說什麼。剛好王太太牽著允武經過她店門，王太太點頭，神色卻紅潤多了，臉上也有點笑意。允武愣愣的看她，冷不防鞠了九十度的躬，金櫻子也肅然回禮，讓王太太很不好意思，掩著口笑，一面說失禮，一面拉著允武走。

允武卻一再回頭，像是想說什麼卻找不到語言。

其實，這樣就夠了。金櫻子倚著門，默默的想。

當然，葉冷說得對。最簡單就是把王允武殺了，一了百了，她也不用罰站十日，更不用跟葉冷吵架。

但她……即使不再是巫，也曾經是。殺伐決斷，是男人的事情。雙手血腥，也是男人才比較幹得出來。

她是沒用的小女人，女人生來就有個子宮養育子女，主得是生育，從來不該是死亡。所以她婆婆媽媽的拖了又拖，得了一個不怎麼樣的結果，誰也沒救到。

但這就是她。巫撫育四方，並不是殺伐四方的。

當晚她關了店門，走回自己房間。桌子上還擺著葉冷留下的兩個拳頭大的金子，在檯燈下閃爍著。

這個傻魔。總說他尋天材地寶老跑出這種沒路用的副產品，但這些不知道花多少時間才特意尋來給她當家用。

把玩了一會兒，她收到衣箱裡。那個酸枝木衣箱打開就寶光燦然，金銀珠寶，每次搬家都是最沉重的行李。

全是葉冷留給她的「家用」。

吃又不能吃，穿又不能穿。真要用度，她自己賺的錢也夠了，青菜豆腐就是一頓，盛世豐年米又便宜。

但這是一個化魔男子對她說不出口的心意。

總是傻啊，這人。什麼時候他才學得會怎麼當個人，怎麼真正面對自己的心意呢？恐怕還有段很長的時間吧？

若他還是會回來，那就陪他等。不回來也不要緊，真的，不要緊。

她關上衣箱，上了鎖。依在床邊，翻開了唐詩。輕輕的念，「……醒時同交歡，醉後各分散。永結無情遊，相期邈雲漢……」

寒風吹捲著如泣雨絲，點點滴滴撒在玻璃窗上，一陣緊似一陣。風聲嗚咽，直如嘆息。

之三　違命

走過「烏盆居」的門口，過往的行人不免多望幾眼，但老鄰居卻面不改色，該做什麼做什麼，一眼也沒看那個奇怪的老頭。

或許是慣了吧。這些外縣市的批發商總是有些怪怪的，金櫻剛搬來的時候，的確還有些嚇人，但這麼長久看下來了，也就見怪不怪了。

於是那個尖嘴猴腮、獐頭鼠目，一口暴牙的奇醜老頭兒悶氣的坐在店前等開門，左右鄰居出入如常，還會跟他招呼，「錢先生，這麼早來？」

「早？」他沒好氣的翻白眼，「天亮多久了，還早？」

知道他脾氣怪，大夥兒一笑置之，也沒人跟他多計較。

金櫻子一開店門，就看到不到一百五十公分的錢老頭，氣呼呼的在她門口抽煙，火氣極旺的擺臉色，「莫不是葉冷那小夥子還在妳床上，樂得不思早朝了？」

她也不生氣，「得了，老錢。不是打聽好葉冷不在家，你敢來？」

老錢的臉孔紅一陣白一陣，「那小子是個只知道動拳頭的渾人！我老人家不跟他一般計較！」

金櫻子一笑，如朝開月季，讓老錢看得一愣，差點連魂都飛了。嘖嘖，不得了不得了……這不是紅顏禍水了，果然是禍種！真真一笑傾人城，再笑傾人國了……老頭子我都要把持不住了……

「前山禍種也沒妳這般好顏色。」老錢一面感慨，跟著金櫻子進門，「人家有郎仲連護花，妳怎麼就攤上那不靠譜的渾人呢？」

「罷咧，老錢，葉冷就打過你一次，幾十年前的舊事了，你就恨上這麼久。」她伸手接過老錢的貨單，卻沒馬上看，無意似的問，「前山禍種寄身可還好？聽說她遇了點麻煩。」

「有七郎作主，潑天大的禍事也有肩膀扛，怕啥？已經帶去他老家吉量避禍了。」老錢蹲在椅子上邊抽菸邊搖頭，「金櫻子，瞧瞧人家，再瞧瞧妳自格兒。妳真是混得極差……」

金櫻子卻不說什麼，揚了揚貨單，「我若混得好，讓你這北京老鼠找誰批藥材？莫不是你要花飛機票去吉量批？」

老錢跳了起來，「錢鼠！老兒是錢鼠！什麼老鼠，沒禮貌！這是絕對的侮辱……」

她真的笑出聲音，「……是，錢家一門忠烈，具是錢鼠精，我打得包票的。」

她將老錢請入後面倉庫奉茶，一面照著貨單找藥材，跟他有一搭沒一搭的話家常。

老錢是隻老鼠精，明末時天下大亂，連妖精都不得安生，倉促的舉家從北京逃到唐山，之後又從唐山過台灣，還跟著第一批來後山（花東）開墾的初民定居於此。

後來金櫻子從北部悶不吭聲的移居到花東，這隻老鼠精以為有人來搶地盤，跟她起了點衝突，被葉冷狠狠收拾了一頓。後來誤會冰釋，有點不打不相識的味道，還成了她的老客戶，只是不知道為什麼跟葉冷就是不對盤，只要葉冷在，絕對不上門，背後裡沒少埋怨過葉冷。

其實這老精怪倒是個好心人（？），幾百年來看脈施藥活人無數，只是行事非常低調罷了。醫人是把好手，醫妖怪更是妙手回春，比人類還講究「醫者父母心」。

因為這點，金櫻子對他很欣賞。只是妖怪的藥材更珍稀不容易弄到，她仗著禍種的神通，栽植了幾味藥草，又趁進貨香草的時候暗暗蒐羅些用得著的，成了老錢的藥材商，只收很低的成本價。

為了這點子好處，老錢把她贊了個沒邊，對葉冷就越挑鼻子挑眼的。她總是笑笑的聽了，從來沒往心裡去。

「……那小子除了給妳惹麻煩，又有什麼用處？」老錢冷哼，「如今他一跑了之，現在可好，禍水東引……」他猛然閉了嘴，心底一把後悔。

正在包藥材的金櫻子停了手，轉頭看老錢。他卻專心一致的低頭吹著茶，像是茶杯底裝了金沙似的。

「老錢，什麼禍水？」金櫻子一臉嚴肅的問。

他撓了撓耳朵，悔意一陣濃似一陣。可好了，嘴快。金櫻子最是護短，讓她知道哪有不往上碰的？「……沒事兒，雖說老兒瞧不上葉冷那渾人，但也不能看那種人在咱們這亂轉不是？早就哄走了，妳別瞎擔心……」

「哪種人呢？」她和氣的問，語氣卻極堅決。

老錢支吾了一會兒，「就、就……就幾個白臉鬼的巫。」

白臉的巫。金櫻子默想。本地的妖怪都稱外國巫叫白臉巫。但巫這門千奇百怪，光華人就數百門派，外國更光怪陸離的多了。

不過，會叫「白臉鬼」的，好像有只有一類。

「事魔的？」她淡淡的問。

老錢臉色大變，「金櫻子，那些人鬼鬼道道的，妳別沒頭沒腦的碰上去！雖說強龍不壓地頭蛇……這些傍大款的白臉鬼不是好惹的！」

「我從來不曾主動去攬事兒。」金櫻子抿了抿嘴，氣定神閒的繼續包藥材。

但可沒少事兒碰到妳手底！老錢急了，「我還不知道妳的性兒嗎？這些事魔的白臉鬼，過境不免惹出點……一點麻煩。咱們這些老朋友想著辦法哄著她們在山裡亂轉，轉煩了找不到人就會走了。這些日子妳就裝瞎……如今妳也不是巫了，何必管那一鄉一縣的事呢？」

金櫻子有些驚訝的看著老錢，原本淡定的眼神漸漸溫柔起來。她自從成了這樣人不人、妖不妖的模樣，以往服侍的諸仙眾神對她不禁冷淡尷尬……更何況她是百名「違命巫」之一。

相反的，後山不多的妖怪們，待她卻以巫的恭敬，甚是順服維護。

或許世界分三界六道，但對她這前巫來說，並沒有這些分別。她只是「事鬼神、撫山澤」的尪姨。

鬼神，就是非人。當中當然也包含了妖怪。然而一日為巫，終身為巫。只是她這樣的心，神明可能不承情，妖怪們卻體貼入微，讓她有些暖意。

「老錢，」她聲音柔和下來，「你們誰不是拖家帶口的？事魔者不是好相與的，何必這樣？是福不是禍，是禍躲不過。」輕笑一聲，「我也不是沒點本事的，可別小瞧我。」

老錢又囉唆了好一會兒，金櫻子淺笑，只是燒了道祭請，瞬間通告了後山境內諸鬼神。

老錢那張醜臉皺得像包子，頭疼起來。金櫻子用大巫身分祭告鬼神，神明大約會臉孔抽筋，裝聾作啞的壓檔案，但他們這些山妖水怪只要不興風作浪的，多少要賣她點面子，這件事情上得撒手。

「罷了罷了，是我嘴快。回去少不得被老婆子抱怨。」老錢沮喪極了，「真不懂，葉冷那不成材的東西，怎麼會被追得這樣緊……」他垂頭喪氣的擱下貨款，帶著藥材走了。

是呀，為什麼？金櫻子也思忖起來。

葉冷只是一隻外地來的風魔。淪落到噬魂修體的魔，能有多大長進？這等小魔，成山成谷的，怎麼勞動得到事魔者這樣苦苦叨念，千山萬水的跑來尋找？

但尋常小魔，怎麼會懂道家的修煉？

金櫻子愣愣的抬頭。是呀，為什麼？懂得他們魔族修煉就已經是了不起的博學了，為什麼能力低微的葉冷會懂人類道家修煉？需知魔族修煉千百法門，精通一門就不易了，多懂幾門那倒無懸念……但跨領域到人類道家去，這就太奇怪了。

葉冷雖然衝動囂張，見識卻不是尋常小魔可比的。

深深吸了口氣，金櫻子對自己苦笑。這大約就是所謂的「燈下黑」吧。相處得太久太自然，居然沒注意到這點異常。

很快的，她就平靜下來。葉冷就是葉冷，不管他之前是什麼身分，之後會是什麼身分，就是那個唯一把她當尋常女人的葉冷。

不可能也不會有什麼改變。

心既然定了下來，所以當事魔者尋上了門，她鎮定如恆，氣定神閒。

那是幾個棕髮、臉色蒼白的女子，一色的黑衣，像是服喪似的上門來。聽說這些立石柱的有兩種，稱為白女巫和黑女巫。白女巫她認識一個，法門和尪姨有相通之處，自稱服侍渾沌與大道平衡，她頗以為然。

但這還是她頭回遇到事魔的黑女巫。

服侍陰暗、死亡，奉魔為主，很偏激的一派。但巫門千千萬萬，她也不覺得孰是孰非，各為其道罷了。

她客氣的將事魔者迎入門，掛上「休息中」的牌子，泰然自若的倒上花草茶。

這些黑女巫有些意外。或許被惡待冷遇多了，這樣以禮相待頗不尋常。一面稱謝，一面奉上純淨的水晶為禮。

她們不懂中文，英文也僅供達意而已。若不是金櫻子閑居無聊，也學了一點英文，想溝通恐怕有些困難。而法門不同，情緒深染也有點阻礙。半靠語言半靠深染，總算能夠尋常交談。

「違命巫閣下，」為首的黑女巫說，「我等奉吾主之命，前來迎接葉冷殿下。」

「違命巫」這三個字，是中文發音，對她們來說很拗口，說來有些荒腔走板。金櫻子心底一凜，違命巫。幾十年沒聽到這稱呼了，深深掩埋在歷史陰影下，稱呼起來輕易，卻有傾島之重。

她沉默了一會兒，彎了彎嘴角，「既然知道我是違命巫之一，又怎麼敢來我這兒要人？」

幾個黑女巫騷動起來，有的不服，有的惶恐，也有的充滿戒心。為首的黑女巫用聽不懂的語言呵斥了幾聲，鎮壓下去。她也不再開口，只是一一倒茶。

「閣下，」為首的黑女巫語氣謙卑下來，「違命巫的威名，數十年不墜。不是奉吾主之命，斷不敢登臨此島。吾主已然年老，思念葉冷殿下，才令我等前來迎接……吾主不令族人前來，委實怕打擾此島安寧，也是顧念眾生之意……」

金櫻子微微的挑起眉。話語很謙和，裡頭卻沁著殺氣。

「我不交人，風魔就要來此島大開殺戒麼？」她淡然的問，卻字字誅心，讓這些黑女巫的白臉都滲出黑氣。

「我們好聲好氣的對妳說，是尊重妳還是本地的巫，當真以為我們怕了妳麼？」黑女巫之一罵了起來。

另一個黑女巫陰森森的插嘴，「妳不交人也行。不用等吾主來……我等服侍黑暗與死亡，此地祭品倒不少……」

金櫻子冷下臉，手臂滾出纖細的枝枒藤蔓，室內的溫度突然降低許多。黑女巫們沒想到她說翻臉就翻臉，頓時如臨大敵。但她不動手，氣勢已經沉重到幾乎壓垮人，冰寒的恐懼驟然襲滿心胸。

「葉冷回不回去，是他的選擇。他想回就回去，不回去也別想強扭他的意志。」金櫻子冷漠的說，「妳們的話，我會轉達。至於他想怎麼做，倒不是我能決定的。如果妳們還記得我是違命巫之一，就趕緊離開我的地方。在妳們的地方怎樣散播黑暗和死亡，我不管。在我的地方……」

藤鞭響亮破空，「想都別想！就算風魔族來，我也當誅於此，更別提妳們這幾個事魔者！」

她話語未休，濃稠的黑暗已經籠罩，伸手不見五指。金櫻子卻只冷笑了一聲。

那天到底發生了什麼事情，誰也不知道。

但那五個事魔者卻像是提線木偶似的離開了烏盆居，神色呆滯的搭了飛機離開，再也沒有回來。

金櫻子坐了許久，卻一動也沒動。

其實不是她不想動，而是動不了。她全身都有些許木質化，裂著不肯收口的傷痕，出血其實不多，但枝枒枯萎、花朵凋敝，實在使脫了力，全身關節幾乎無法彎曲。

太逞強了。她默默的想。畢竟是事魔的黑女巫，她居然這樣拚了上去。

但許多事情，不是意氣不意氣的問題，也不容退讓。她若膽怯一步，讓人小覷，用重大犧牲堆積起來的「違命巫」的威名，不免就此土崩瓦解，鎮不住外人了。

微微彎了嘴角，自嘲的。當初擔下如此潑天的關係，不就是捨一生命與運保住一地平安麼？本地的百名違命巫凋零至此，已經沒幾個了。一年年老去，擔著疾病、擔著孤寡，擔著一生淒苦，成就了一個不怎麼穩固的平安符。

最少外地的巫不敢把手插進這個小島。最少本地的鬼神不敢鬧出太大的動靜。只要還有一個違命巫活著，碧空就不會再降下天火。

所以她不能退。即使她已經不是巫了。只要曾經是，就是咬牙死都不能退。

所幸她和一位白女巫交好，曾經交流過異同。幸好天時地利人和她佔了個盡，而對方遠離故土、所事的風魔也有所忌憚，不敢輕履這個小島。所以才讓她以寡擊眾，硬碰硬的擊潰。

葉冷的事情，其實只是個藉口而已。這麼多年了，應該隱藏在歷史陰影的巫蠢蠢欲動，尤其是這些事魔者……魔主操縱事魔者，事魔者操縱人世。他們在試探，試探違命巫的底線。

但說什麼都不容任何人把手伸到她的土地上，任何一個巫者，所事何人，通通都別想。

默坐到夜，她才覺得手指可以彎曲。痀僂著找了符紙和筆，考慮了一會兒，還是寫了一封信，摺成紙鶴，掐著手訣，輕誦了幾句。紙鶴幻化成白鴿，拍翅往遙遠的天邊而去。

葉冷接到了信，大約會馬上奔回來吧？

但她也沒想到他到得如此之快……或許就在前山而已。不到三個鐘頭，葉冷就黑著臉回來了，那時她的傷口還沒完全收口，葉冷粗魯的剝了她的衣服看，一個字也說不出來，怒氣卻漸漸高漲，像是在斗室裡逐漸堆積陰暗的雷雲。

「為什麼不叫我回來？」他的聲音平板而嘶啞，若不努力壓抑住，就要爆發雷霆之怒。

「人家要我就給，我算什麼？」金櫻子淡淡的說，「下回來要百口祭品，我給不給？」

葉泠終於爆發了，一掌拍場了桌子，忿忿的張口欲言，金櫻子只望了他一眼，瞬間啞口無言。

他就在南投而已，又不是離多遠。這些女人真想找他，不可能找不到。但她們裝模作樣的在這兒鬧出這麼大的動靜，弄得地方不安，才來找金櫻子要人……表面是執行風魔族的意思，私底下可就沒那麼簡單。

金櫻子叫他回來的話，他是不可能看金櫻子去拚命的。事實上，他也打不過那些黑女巫，這點他還有自知之明。然後他會跟著去，退了這步，就會連連敗退，將來黑女巫想染指這片土地就容易了……

的確，大部分的巫都隱身於歷史陰影之下，安靖地方。但也有一部分的巫，自恃能力，暗地裡翻雲覆雨，操控人心，惹起戰禍和疫病，用血腥供奉殘酷的主子。

「……妳說她們知道妳是違命巫？」葉泠頹然的坐下來。

金櫻子點了點頭。

「那時候我不在。」葉泠煩躁的說，「我只知道妳們做了天大的逆事，但到底做了什麼？違了誰的命？到底是什麼事情？這樣藏著，誰也不敢說？我只隱約聽說妳們是什麼高貴的罪人！妳倒是……」

「也沒什麼好說的。」金櫻子嘆了口氣，「我也從來不問你是什麼殿下，你又何必問我？」

「殿下？」葉冷冷笑了兩聲，「殿下！真好聽哪，這名兒。還沒聽說過被趕出家門的高貴殿下！」他聲音尖銳，但也終究沒說出來，只是憋得臉孔漲紅。

「……那些破事也不用提了。」葉冷好不容易冷靜下來，「但我很不肯讓人當個藉口沒事亂戳。我自會去跟我老爸說清楚。我想那些奴婢是狐假虎威，這種事情，不會再發生。」

那天晚上，葉冷對金櫻子非常溫柔，完全不像以前那樣急切粗暴。他甚至罕有的取了藥膏替她身上幾百個細小口子耐性的一一上藥，金櫻子苦笑著跟他說不用，他卻非常堅持。

直到趴在他腿上的金櫻子累極睡去，他還撫著不肯收口的傷痕發呆，坐了許久許久。

第二天醒來，葉冷已經走了。

沒想到他臨走前還把拍垮的桌子修好，上面覆著一本《哈利波特》。翻過來，正是解釋「純種炮竹」的那段，他還細細的畫了鉛筆痕當重點。

這個彆扭的、愛面子的傢伙。大約是怕當面講丟臉，用這樣隱約的方式告訴我。

身負高貴魔族血統，結果卻天賦低微如小魔，一個魔中貴族的「炮竹」。現在搞到入人身修道家，回家還不知道怎麼難堪呢……

就這麼走了。

孰謂吾無護花人？一生為人遮風避雨，也就只有一個彆扭的魔族紈褲迴護，屢屢回頭，無時或忘。

各緣各法，各船各渡。她從來不覺得自己不如誰，葉冷也不見得比郎七郎差。

她很想笑，淚珠卻滾落腮邊，落在書頁上，一滴水暈。

暈開多少平生事，欲語還休。

或許待他歸來，也就一一告與護花人吧。

如果他還會回來的話。

之四 不赦

以前她的花刺帶倒鉤，沾手就鮮血淋漓。

但現在的花刺卻柔軟纖弱，生疼，卻連皮都不破，只留下一點點白痕。

外表看不出來，但她的裡面，傷得很重吧？撫著她微帶疤痕的裸背，葉冷迷迷糊糊的想。應該是憐惜的，但出口卻是：「妳體力變差了。」

「嗯。老了。」金櫻子半臥在葉冷的胸口，語氣還是淡然的。枝枒緩慢的退回體內，但疤痕的癒合卻異常遲緩。

當然啦。金櫻子想。和服侍黑暗和死亡的同行爭鬥過，怎麼可能不帶點內傷。她還沒自大到以為天下無敵橫掃千軍了。

她也只是一個小島的違命巫……還是前任的。

「又不是今天才老的。妳可老了很久，老虔婆。」葉冷摩挲著她的腰，總算找到一處無疤的地方。有意無意的問，「我上回，好像落下一本書在這兒。」

那是我的書。但金櫻子沒反唇相譏。這傢伙想說的只是：妳看過沒有？看懂沒有？

「在書架上。」她爬起來，坐在床緣。「你自己拿吧……餓了冰箱還有水餃可以煮。我要出門幾天。」

原本懶洋洋的葉冷像隻怒豹般跳起來，「……我才來妳就要走？我就這麼不受歡迎是吧？是要跟哪個小白臉跑？我吃了他！」

「你來的時候我剛好要出門。」金櫻子心平氣和的跟他講道理，「你還把我的行李箱摔砸了鎖，忘了？還是你要來？朔也說會去跟我們會合……」

聽到「朔」這個名字，葉冷臉色大變的縮了縮脖子。那個白臉的巫婆，什麼族類都不是的棄家人。「跟那種女人沒什麼好混的。妳怎麼老愛跟她混成一堆……」

「十年八年也見不到一次，什麼混成一堆。」金櫻子穿好衣服，原本要走，又停了下來。「……我先把水餃下好吧，記得起來吃。」

葉冷沒有起來，只是躺著看天花板。他發現，他很熟悉金櫻子的一舉一動。燒水、煮水餃、起鍋。還有拉保鮮膜的聲音，開碗櫥放盤子。走出廚房，撿起砸了鎖的行李箱，關鎖，開門，離開。

但這屋子卻充滿了她的氣息……包括他的身上。

不讓金櫻子送行，也絕對不送金櫻子。他說不清楚為什麼，但他就是沒辦法面對……和金櫻子離別。

比起金櫻子，他的手藝足以去五星級飯店當差了。但他寧可磨著金櫻子煮飯給他吃……就算吃冷凍水餃也行。就是要她親手做。

他甚至害怕去想為什麼。像是連想一想都是件恐怖的事情，臨著斷崖的懸心。

所以他不要想。他寧可忿忿的想，這女人，連問也不問一聲，說不定他父王會追究呢，連提都不提一句。

雖然這是絕對不可能的。他老爸指望的是，他突然開竅，或者吃夠了人魂，痊癒了。絕對不是現在這樣，融在一個凡人身體裡剝不出來，甚至轉頭成了魔敵的道家。

而是更乾脆，拿人間的話說，就是族譜上除名了。雖然形式不太相同，但意思是一樣的。

奇怪的是，他居然不難過、憤怒，或者自慚形穢。這些曾經有過的情緒都沒了……只剩下淡淡的不耐煩。等可以走人時，又淡淡的開心。

開心什麼呢？這樣真的對嗎？

一個人躺著，卻越躺越冷。其實歡愛後，他們也很少一起睡。但金櫻子就在隔壁，他不冷。

猛然跳了起來，胡亂的沖了個澡。那本《哈利波特》果然在書架上，她是看懂了沒有呢……？

就在他畫過鉛筆重點的那一頁，夾著幾張紙。

這是金櫻子的回答？

他沒注意到，大剌剌的他，手指微微的發抖。

嚴格說，那是幾頁手寫的筆記影本。看起來應該是某種調查報告吧？

反覆看了幾次，他推斷，這是關於二戰時代，美國密集轟炸後，一些相似傳說的記錄。

當中有被俘的美國飛行員口述：白衣女子用裙裾接下空投的炸彈。並且非常驚佩。

然後是密集的神蹟，從北而南，從觀音到媽祖婆，甚至連聖母都出現了，許多目擊者信誓旦旦，在狂轟濫炸的天火中，是神明用裙裾或雙手接住了炸彈，才讓原本應該是巨大兵災的悲慘，轉成小鬧小打，甚至沒在人們的記憶裡留下太深的印象。

「神經病。」葉冷喃喃著。

身為一個魔族，他只能冷酷的指出這個事實：神明能做的事情實在不是太多。天災說不定還可以遮遮掩掩的減輕，人禍兵災是絕對不能插手的。連他們魔族也只能蠱惑誘魅人心，挑起他們喜愛的血腥，絕對不能直接插手。

明哲保身的神明當然更不可能。不但祂們不會這麼做，侍奉他們的巫或道更不可能也不可以插手人類自己製造出來的兵災。

人間有人間的規矩，眾生包括人類都不能夠違反……瞧瞧偷息壤的鯀，不忍心洪水滔天，偷息壤來湮堵。結果呢？天帝恨他違反人間的規矩，讓祝融把他給殺了。

偷火的普羅米修斯又有什麼好下場？還不是讓宙斯捆了，日日讓餓鷹啄肝。神明？哼哼。他輕蔑的笑了兩聲，笑容卻瞬間凝固在臉上。

瞬間，他明白了。為什麼這島上的巫被稱為「違命巫」。也從來沒有什麼神明去親手接下從天而降的兵災。為什麼知道真相的人都諱莫如深，遮遮掩掩。

據說違命巫有百名。這是開天闢地以來，最大規模的叛逆，罪在不赦。

因為她們違抗的，是天命。

＊　　＊　　＊

不知道葉冷看到了沒有？坐在火車裡，電線桿飛快的往後移。金櫻子默默想著。

百名違命巫，現在只剩下四個……很快的，就會只剩下三個了。當初的第一個違命巫，已經沒有幾天的光景，靠朔在續命了。

忍死等著她們，等她們這最後幾個的老姊妹。

但她們……實在沒有任何足以稱道的地方。不會騎掃把、不會飛。必須規規矩矩的搭乘各種交通工具，設法趕去極南的城市。

因為巫的所有力量，都是「借」來的。必須懇求、匍匐，恭順的敬拜鬼神、安撫山澤，才能「借」力。巫的本身只有天賦，是沒有力量的。

就是因為不滿足這種狀況，所以才會有「道」，想要把力量存在自己手上，而不用哀求。巫在道之先，道是巫之徒，表面上，兩者常常混雜，但骨子裡是不同的。

所以巫違命起來比道還不可饒恕。

六十年還是七十年？她其實記不清楚了。但她永遠不會忘記那天的光景。轟然的飛機發出尖銳呼嘯的破空聲，劃空而過的雪白天火降下了死亡。一個巫的微弱悲泣，動盪了整島的巫，或是沉睡著巫的天賦的女人。

巫者同聲一哭，幹下這樣違逆的大事來。

或欺騙神明，或巧取山力，或豪奪雨恩。瞞天過海、眾手遮天，服孝的巫用雙手或裙裾，接下了大部分的「天火」。

一群，幾乎都不太識字，大部分都在務農的女人。一生，只知道敬畏鬼神，安撫一家一村一山的女人們，昏昧而蠻勇的違背規則，動用了不該動用的巫力。

活了許多生靈，誠然。但也招致了違命這樣的大罪。

兵災過去沒多久，百名違命巫就死了一大半。或雙手潰爛，或高燒不退，熬盡了命與運，拿生命抵償罪孽了。剩下的或窮或苦，終生孤老病殘而終，不比早死的姊妹好到哪去。

她用一種驚人的速度衰老下去，若不是還有兩個成了孤兒的曾孫女，說什麼也熬不過去的。強熬著意志力，直到她們長大，才抽去脊梁般臥病不起。

她們都不曾後悔。默默的用一生的所有贖著永遠不能被寬恕的罪孽。

但沒有人叫苦，也沒有人求寬恕。她們就這樣漸漸病死、橫死，堅忍的沉默著，接受命運給予的殘酷。

這些令人畏懼、倔強的女人，就是別人口裡的「違命巫」。有人說，只要還有一個違命巫活著，那戰爭的風就不敢在這小島上猖獗。

這並不是真的。金櫻子自嘲的想。

只是若有天火再來，即使喪失了這個身分，她也不惜再違抗一次天命。

這可是我的地方啊。

*　*　*

簡陋的違章建築，門前堆滿了雜物，門口半攔著破爛的板車。

金櫻子站在只容錯身的小院子裡，看著滿目淒涼。這就是最初的違命巫，最後的結果。

如果她願意，其實可以通知金櫻子、通知其他姊妹。如果她願意，她甚至可以裝神弄鬼，世間所有欺世盜名的神棍都比不上她。

即使違命，但她信奉的鬼神雖然沒有迴護，卻也沒有背棄。不管怎麼說，在鬼神眼中，她們是高貴的罪人，無辜的囚犯。

但她不。或者說，她們這些違命巫，都不肯。

正面的直視命運，即使是粉身碎骨。原本就不算什麼高功大德，又怎麼能聚嘯挾恩？她們之間鮮少聯繫，甚至是有些各自迴避的。該受的就受，絕對不哀求。就算是多數為文盲，她們還知道什麼叫做傲骨，什麼叫做良知。

身為巫就該知道這些。

金櫻子挺直了背，將眼淚逼回心底，跨入了陰暗的屋裡。

奇異的藥香中，其他人還沒到，神情安然的朔，正在幫床上的老太太擦拭著額角的汗。

很久不見了，朔還是老樣子。神情淡淡的，比普通人大些的瞳孔映著清亮的人世。但是她在的地方，總有種異常的穩定感。

金櫻子朝她點了點頭，走上前來，看著陷入彌留的老姊妹。

第一個哀泣的巫。是她的哀號穿透了所有巫的心底，昂首望向天空無盡的天火。

那時候的她，也才十四、五歲而已。

一晃眼，流光偷換，她已經白髮蒼蒼、皺紋深重，臉上佈滿黑褐色的斑了。印堂黑到發亮，完全靠朔高超的醫術吊著一口氣，忍死以待。

朔將毛巾遞給金櫻子，「且看著她。若她呼痛……」她遲疑了一下，「桌上的藥滴一滴到她嘴裡，千萬不能多。」

金櫻子嗅了嗅藥，心整個沉了下來。這是一種痲痹性很高的慢性劇毒。不是到最後關頭，朔也不會出此險招吧……

朔卻不再多言，而是開始收拾屋子。在她眼前，朔並不遮掩，揮灑自如的使出諸般法術。只見她閒然走過，原本雜亂的室內就恢復了秩序。

朔比她細心很多。金櫻子的心性比較堅忍，能夠耐受的也比較強。但她其他的姊妹，年紀大了，身體也不好。看到老姊妹晚景淒涼若此，有個好歹，那就不好了。對這一切，她對朔都非常感激。

只是這樣大恩連言謝都覺得矯情，且擱在心底，日後圖報吧。

金櫻子收回目光，仔細的擰了把毛巾，開始幫不斷冒汗的老太太擦臉、淨身。

她叫做沈由里。金櫻子默想著。那個時代，很多女孩兒都取日本名字。但由里的爸爸大概也不知道這是什麼意思，就取了這名字。

日語裡，由里，就是百合。

但這個連生父都糊裡糊塗的名字，卻和當年的她，是那麼吻合。不管老得多麼不堪，在她眼中，還是那個清雅如百合的少女。

就是那個孤弱的少女，像是帶著檀香的風般深染了此島所有的巫。

她眼簾顫動，緩緩張開。黃濁的眼珠卻帶著溫柔的光芒，依稀是當年模樣。

「……金櫻子？」

「是。由里。」金櫻子幫她蓋好被，「我來了。可痛麼？」

「每分每秒。」她露出苦笑，「不重要，還行。」她唇角笑意更深，「白娟和阿南半個鐘頭後就到了。」

就如她所說的，半個鐘頭後，衰老的白娟和李懷南讓家人攙扶著，走入了由里的家門。朔走過來，將其他人招呼到飯廳坐著，讓她們這些老姊妹能夠相聚一時。

果然只是一時罷了。

畢竟是六、七十年前的事情了。時光沖刷了過往，也殞落了那些違命巫。現在殘存下來的，都是當年最年輕的一輩……或者像金櫻子這樣際遇詭譎的成妖人。

了。

再沒多久，剩下的白娟和阿南，都會跟著由里之後去了，違命巫的歷史就終結了。

她麼？她不算。禍種寄生於她的那一刻起，她的命運就徹底扭轉了。由里還會喚她來，是顧念舊情，不想她傷心難過罷了。

而由里將她們喚來，也不是為了自己。她沒有親人可以託付，只能將她敬奉一生的鬼神轉託給白娟，殷殷囑咐諸般禁忌。

白娟應了，淡淡的說，「我頂多能接手兩年，阿南最多也長我三年而已……」

阿南笑了，她原是漁婦，八十幾歲的人看起來卻不過六十開外，「沒這個理由，怎麼讓金櫻子來我們家看看？妳還不懂由里麼？」

由里扯了扯嘴角，一陣鑽骨巨痛卻讓她起了劇烈的痙攣，老姊妹慌亂起來，金櫻子趕緊在她咬緊的唇間滴了一滴藥，好一會兒才緩下來。

她的白髮浸滿了汗，一條一縷，泛著淒涼的死味。「……到這個時候，我才知道，比死還可怕的是，身邊一個人都沒有的，悄悄的死掉。總算老天對我沒有太絕，還能見妳們這幾個老姊妹……」

沒多久，連劇毒都無效了，由里陷入昏迷中。她模模糊糊的喊，「……天火，天火！不要讓……不要讓天火……掉下來……」

大巫臨終時強烈的情緒深染，襲擊了隨侍在側的所有巫。

在山裡砍竹筍的少女由里，被強烈的震盪掀翻過去。驚魂甫定的她，連滾帶滑的衝下山，原本她新婚方幾日的夫婿應該在菜園搭瓜棚的。

但菜園、瓜棚，通通沒有了。眼前滿是豔紅，她已經分不出是血是火。她的夫婿，當然也沒有了，唯一完整的，是一條手臂，傷痕累累，卻帶著一枚金戒指……和她相同的金戒指，他們的婚戒。

抱著手臂，她仰天痛泣。

她的心像是被撕裂成碎片，而罪魁禍首的天火還在如雨降落。

彌留於恐怖記憶和痛苦的由里伸手亂抓，狂亂的喊，「不要讓天火……不要掉下來……」

金櫻子抓住她的手，眼淚從沒有表情的臉孔滑下，「我絕對不會讓天火掉下來。我發誓，只要我還活著，不管付出多大代價……我絕對不會讓天火掉下來。」

由里緊緊的握住金櫻子的手，指甲陷入肉裡，滲出幾眼血珠。「……拜託妳了。」

油盡燈枯的，最初的違命巫，與世長辭。

* * *

照著由里的遺願，火葬，不做法事不發喪，遺骨安奉在靈骨塔的最高一層。

當天白娟和阿南就哭昏過去，畢竟都是八、九十歲的老太太了。沒讓她們留下，勸著讓她們家人帶回去了。

臨去前，白娟緊緊抓著金櫻子的手，「金櫻子，妳會來送送我罷？由里還是好福氣的……」

「我會。」金櫻子輕輕拍她，「有什麼事情，發個話給我就好，我都會來。」

阿南也討到她相同的保證，這才蹣跚的離開。

朔一直在旁看著，「她們……或說妳們，心底都有相同的恐懼。」

金櫻子只是淒然一笑，沒有說什麼。

走了幾步，朔回頭，「妳的心結……由里都這樣解釋了，還不能開嗎？」

「……我的確已經不是……也不能厚顏說我還是。」還是人，還是違命巫。她望著被由里抓的幾眼傷口，冒著退不下去的枝枒和細花。

忍不住苦笑，難道還能自欺欺人？

朔只是睇了她一眼，從容的去煮花草茶。大約是鎮定心神用的，喝下去，她的鬱結消散了些。

「本來覺得言謝太矯情。」金櫻子平和的說，「但妳這樣照顧由里，我還是必須說聲……謝謝。」她深深的彎下腰。

「該說謝謝的，是我。」朔依舊淡淡的，輕輕將落到臉上的頭髮撥到耳後，眼神悠遠起來，「我服侍過黑暗，也服侍過光明。最後我服侍了渾沌，也認定這是我的巫之道。」

她的神情肅然而溫柔，「但走了正確的道路，我的疑惑卻越來越深。我好像……越來越不認識吾道為何。」

學過了萬般神通，見識了光明和黑暗的片面和偏頗。最後她皈依了渾沌，信仰大道平衡。

但她真的掌握了真理嗎？若是，為什麼她越來越迷惑？

所以她漫遊天下，想要找到答案。只是她沒想到，這群沒有正式傳承，可以說各事其主的島巫替她上了寶貴的一課。

「找到答案了嗎？」金櫻子問。

朔笑了起來，一種通透的美麗，「妳還記得嗎？我曾說過要教導妳三界六道的分別。」

「我說過了，不必。」金櫻子想也沒想就回答，「該知道的時候，我自然就會知道。既然不知道，那就是我還不必知道。而且，我也並不想去知道那些與我無關的事情。」

「妳們這些違命巫，真是像得緊。」朔笑意更深，「由里也是這樣說的，其他的違命巫，應該也是同樣的答案吧……」

知道如何？不知道如何？疑惑如何？不疑惑，又如何？

如果違命巫悲泣著去違抗天命，她這服侍渾沌的人，就不該笑著去看待大道平衡？

追根究柢，不就是心麼？

只能意會不可言傳，情緒深染亦不可為。但她覺得很輕鬆，非常輕鬆。

「是人類又怎麼樣，不是人類，又怎麼樣？」朔嫣然一笑，「有人規定非人就不可為巫麼？其他違命巫想告訴妳的，也不過就是這句話兒。」

她站起來，「有人來接妳了。」

望著朔好一會兒，她才默默的站起來，轉身走出大門。

如臨大敵的葉冷侷促不安的，死命盯著在屋裡的朔，像是裡頭是頭猛虎似的。

金櫻子看在眼底，「……她的黑貓沒帶來。」

葉冷稍微鬆口氣，惡聲惡氣的說，「事情了了還不回家？是我女人就回家煮飯去！」

金櫻子看了他一眼，跟在他身後走了幾步，冷不防的說，「我是違抗天命的違命巫。」

葉冷肩膀聳動了一下，又復平靜。他的確慌張了一下下……沒想到金櫻子會突然這麼坦白。

「知道了。」他冷冷的回。

悶頭走到大馬路上，他指了指一部轎車，金櫻子坐在助手座，上了安全帶。葉冷坐定後，發動車子，然後說，「我們魔族，最喜歡罪在不赦的女人了。」

硬著頭皮說完，他猛然踩下油門。

金櫻子撇開頭，望著窗外，眼角滾下一滴淚。

之五 鳴動

正和鄰居喝茶，突然晃動起來，一陣緊似一陣，吊燈鐘擺般，同座的婦人臉色都變了，慌著站起來，金櫻子卻氣定神閒的坐著，穩穩的泡著茶。

「地震呢，金櫻妳還不跑？」陳太太忍不住推她。

「沒事的。」她輕笑，「不成大氣候。」

果然沒一會兒就安靜下來，這些婆婆媽媽才鬆了一口氣，訕訕的坐下。「雖說後山地震多，最近不知道怎麼了，天天這麼震，怕人呢。」

「就是說呀，越到九月就越這麼震……」大夥兒七嘴八舌的聊上了，金櫻子靜靜的，還是淡淡的笑。

「不會有事的。」她奉上茶。

就這麼一句話，婆婆媽媽們的心就安了下來，話題轉開來，最後又轉到她身上，「你們家葉冷呢？怎麼在家沒幾個月，又不見人影？」

她遲疑了一下，「去探親了。」不想在這話題上多糾纏，笑笑又轉到她最近多病，鋪子可能要關幾天。

抱著胳臂，倚著門看鄰居各自回家，抱著一種溫情看著。都是一些好女人，照顧著一家大小，從少小操心到老，一路要操心到眼閉……跟當年的她是一樣的。

對這些人，她硬不起心腸，也不想撒謊。只能用春秋筆法，掩過去了。

說起來，葉冷算是探親也沒錯。所謂一表三千里，魔族間扯來扯去總能扯出點關係，也不算說謊。雖然她更認為是調虎離山……不過她又哪需要倚賴葉冷的勢呢？

至於葉冷，別的不用說，逃命的本事敢說是天下僅有。他會跑去修本為魔敵的道家，不能不說沒有遠見。

但魔界……可能出了大事，而且大到連他這個化入人身、天賦低微的風魔殿下都不能置身於外。

就是這樣的認知，金櫻子才裝作不知，讓葉冷追著「探親」去。

站在院子裡，她閉上眼睛。枝枒從袖口滾出來，扎入泥土中，轉瞬間，整個城市像是微縮在她腦海裡，隨心意和地氣流動，拉近或放大。

即使這樣探查，她還是找不到什麼異常……表面上。但是隨著放出的枝枒越多，她越能靈敏的感覺到，在她「觸覺」之外，有著什麼閃躲而去，竭力躲避她的「耳目」。

若有人走入她的院子，恐怕會嚇昏過去。她全身已經讓枝枒爬遍了，像是個人形的草墩子。

沒辦法，成妖還是有成妖的麻煩。當大巫的時候只要借地祇之力，就可探知全城，現在的她要借力付出的代價太高，只能靠禍種的本事了。

也沒什麼不好，只是太驚世駭俗。

她將放出去的「耳目」收回來，在城東一角，觸覺之外，卻有「人」大膽的追著不放。

冷冷笑了一聲，收回的神識猛然伸長，虛鞭一記。皮肉大約不會受苦，但神識對魂魄有嚴重傷害，這鞭下去管他人類眾生，都夠他受的，起碼也癱個半天一天的。

在她的城市裡鬼鬼祟祟？慢慢想吧。

這些傢伙轉來轉去的，大約是在辨別這城市的禁制和保護，想搞清楚金櫻子的來路和弱點。只是他們白辛苦一場。她原本是大巫，擅長的是借力使勢，讓禍種寄身後，鬼神可能沒那麼賣她的帳，但她依舊可以種花木補強。

山澤草木精靈對眾生就大度多了。但這卻讓金櫻子的防護手法更看不出路數，半巫半妖的。

只是她也不耐煩起來，所以才倏然出手。

果然，當晚就有刺客來。不知道是被激，還是試探。不過她根本不在意來得是哪路人馬，也沒作什麼相對的防護或處置。管他法術還是刀劍，毫不客氣的擰藤為鞭，結結實實的抽了一頓，扔出籬笆，連看都不看一眼。

不過她倒是有了個結論。來找麻煩的極工心計。派出來的刺客主要還是修羅，算是點名身分和魔族有關。畢竟阿修羅道和魔界有遠親關係，多遠就不知道了。但修羅刺客很是金貴，派這麼大批人手來讓人詫異……不說花錢多少，真要追查身分，卻很困難。

畢竟魔界很大，千百萬氏族，光想追起來就嘆氣。

但她不想追查。

不過，花這麼多錢請這麼貴的修羅刺客當棄子，她心裡多多少少有點底。畢竟葉冷那大嘴巴，戳破了矜持，早就把他祖宗八代、九族親友都交代個透天，她讓葉冷灌頂那麼久，不想清楚都得清楚了，連葉冷沒弄明白的都明白了。

站在籬笆內，金櫻子冷冷的說，「跟你們雇主說，小花樣兒對風魔陛下耍去，討他老人家歡心比較重要。葉冷只剩條魂兒要死不死的，更沒什麼血統可言。想趕盡殺絕，也瞧他有沒這本事吧……派人來送死，算什麼本事？」

她轉身進屋，連瞧都沒多瞧一眼。這些慣被人捧的修羅刺客怒氣填膺的想上前，籬笆卻瘋長枝枒和紅花，花瓣飄到手臂上，嗤的輕響，居然將衣服蝕透，像是強酸一樣咬下去，驚得得削下那塊皮肉才沒爛穿。

進也不是，退也不是。直到一聲悠遠的琴聲，他們才一臉陰沉的退走，瞬間就消失了蹤影。

琴聲由遠而近，金櫻子卻只是坐著喝茶，眉眼不抬。

「與違命巫玩弄小伎倆，是我不是了。」門外傳來幽幽的嘆息，琴聲漸息。

「山野村巫不懂那些細緻，讓您笑話了。」金櫻子心平氣和的回答。至於來者何人，有沒有猜對，不在她的考慮中。

不管來的人是誰，肯定不是人類。非人就是鬼神，她會謙恭，試圖溝通。溝通不良，對方動上手她也不會客氣。說得直白些，就是撫剿並用。撫得了，說多少好話兒，該上什麼供品，大夥兒好商量。撫不了，她也不排斥大剿大滅，打得對方痛極，所謂先禮後兵。

但她也能後兵再禮，又兵又禮……總之人敬我一寸，我敬人一尺。只是人辱我一寸，我非讓他三尺還不可。

「素來聽聞違命巫最是知禮，可讓我隔著籬笆說話，難道是相傳有誤？」聲音溫文儒雅，帶著濃濃的笑意。

金櫻子卻微微的皺起眉，輕佻。但把葉冷調虎離山，能躲避她的神識在城裡刺探，又派修羅刺客來混淆視聽的人，不可能這麼輕佻。

「貴客未曾投名，也沒問門，怎可怪我不請入內？」她穩了穩心，靜氣的說。

「是我唐突。」那聲音越發悅耳，「吾乃風魔族舒茲陛下三子聞契，請見違命巫金櫻子閣下。」

金櫻子微微挑了挑眉，讓開了籬笆上的法術，開了大門。

一看到聞契，她瞬間明白了。為什麼他會親自上門，語氣輕佻。

聞契竟是一個白衣勝雪、面目清雅絕麗的美豔人兒。正因為是男子，所以這樣麗色更顯得珍貴，奪人心神。

淺笑盈盈，讓人被美色衝擊後，又覺得可親可愛，像是天地間什麼都沒有了，只有他溫柔的眼睛和美麗的臉龐。就算金櫻子這樣心性堅忍，都不免愣了一愣，讚嘆奪多少天地之鍾秀造化，才能孕出這麼一個絕美的人兒……

而且還不是化身，是真正的長相。

她心底微微一動，很快的清醒過來，瞥了瞥聞契的手臂。可惜他穿得寬袍大袖，看不出哪朝哪代的衣飾。只是白皙的脖子在這包裹嚴密的衣袍裡，更顯出幾分沉郎纖瘦不勝衣的味道。

但看面目，有幾分東方味道。她倒有幾分想掀起聞契的袖子看看，是不是有斑紋。若有的話，搞不好是東方山鬼遠嫁的後代。

只片刻，金櫻子就神色自若，含笑請他進門。聞契卻心底警鐘大作，更謹慎幾分。這不是個簡單的女人。他暗忖。雖然不願意，但他實在對這個村巫越來越覺棘手，也越來越感警惕。

諸般佈置，設計連環，但她對他刻意放下的陷阱漏洞連看都不看，置之不理。而她佈置的防護看似疏漏，卻相互呼應。更糟糕的是，根本看不出是什麼來路。旁人說她被花妖寄體，他總隱隱覺得不對。

早就想親自探查，但身邊的人苦苦勸下。若不是今天她主動反擊，又把他設下的棄子扔出籬笆，連俘來問問都不肯……他也不會捨著臉皮來行美人計。

他很知道自己的美貌有著什麼樣的殺傷力……但也只讓她怔了一秒就泰然自若。

堅忍若此，太難應付。更不妙的是，他雖然起了殺心，卻得仔細衡量。

若他沒認錯，該把那些探子都砍了腦袋。

花妖？這些人眼睛都瞎了嗎？即使非常收斂壓抑，但那含著金屬損毀餘味的花香，他永遠也忘不了。

就是這個誘人的毒香，毀了半個崑崙。當時他的年紀還很小，卻成了纏綿了一輩子的惡夢。

不可能的。他額頭沁出細細的汗。禍種出世了幾十年，卻寄生在一個柔弱人類女子的身上，此刻正在妖都吉量作客，半邊枯萎，早失去了禍種驚人的妖力。

但為什麼，會有另一棵禍種，生氣勃勃的臣服在一個小島村巫的身體裡，宛如刀與鞘般的和諧？

他真想不出來有比這更可怕的事情了。

金櫻子靜靜的坐著，意態悠靜，如閒花照水，端著一杯清茶，目光淡定。

望之似好婦。聞契心底模模糊糊的冒出這麼一句，彷彿是越女自贊。是呀，不管禍種多麼可怕，能讓這樣的村巫降伏，應該是弱化到難以想像的程度吧？而這個村巫，不過是個女人，而且是他那窩囊廢似的大哥的女人。

是女人，就有無可救藥的缺點。

風魔王舒茲妻妾無數，子女上百。但活下來的卻只有最長的三個孩子。長子葉冷、次子墟里，還有他，聞契。

葉冷是因為長子的身分和過度的無能才僥倖保住小命，而他，則是因為生母的身分過分卑微，不受重視，才讓他暗中培養羽翼，厚植實力。

本來表面的平衡尚可維持，但最可能繼承王位的墟里被舒茲處死了。

血統過純只會誕育出一些白癡。聞契冷酷的想。明明是最有可能的繼承人，卻按捺不住權力的渴求，居然起兵謀叛。最可笑的是，想謀叛也該設想個天衣無縫的計畫，哪能腦門一熱，以為帶著兵馬衝上去就對了。

敗於糧草不繼，這不是天大的笑話？

但他不同，絕對不同。他心性堅忍絕非常人，一個宛如人類賤民的外貌，異國生母的血緣，都能讓他從劣勢中翻出優勢來。

現在也一樣。

他微微傾身，若楊柳低伏，春風淺笑，明明離得很遠，卻像是在耳邊低語，「金櫻子，妳是怎麼瞞過天下人耳目的？別人可知道，禍種不只是郎七郎守著的那棵半枯花，還有妳這株完整的禍種麼？」

入耳即傾心，金櫻子有些訝異，她從來沒想到聲音可以用「美麗」來形容。一整個勾魂攝魄。只是微微傾身，就有無限風情，想來是男是女，都不免臉紅心跳，骨醉如酥吧？連她這樣的老婆婆，不免心跳頻率都加快了些。

但入耳也誅心。這樣明明白白的威脅，包裹在絲綢似的美麗言語中。

「你待如何？」欣賞歸欣賞，金櫻子還是視而不見，單刀直入的問了。

聞契按住她一隻手。觸感溫潤如玉，卻帶著一絲侵略性。金櫻子想抽回來，微微使力，聞契也略加點力氣，恰到好處，剛好讓她掙不脫又不過分。

這是個很有控制力的人。連這麼小的地方都非常講究。

「本王一生唯願當個護花人。」他眼神幽深，像是一汪深潭，誘哄著讓人往下跳，「只是遍尋不著值得護的花。」聲音更輕，更勾人，「妳是嗎？金櫻子？」

金櫻子直視他的眼睛，湧起一股欣賞，卻太清醒。她沒說話，聞契卻覺按著金櫻子的手浮起異物，他反射性的抬了抬，竄起的枝枒破膚而出，宛如活物般上下盤旋蜿蜒，像是無數靈蛇。

柔弱枝枒冒出無數花蕾，在金櫻子和聞契之間化成疏落的屏障。

「我肯定不是那種需要照料的花。」金櫻子彎起嘴角，噙著些微嘲諷。「不過你戲演得滿好的，可惜了。」

不是一般的女人。聞契有些失望，卻暗暗的鬆了口氣。枒弱花細，果然是弱化到接近斷氣的禍種。

葉冷是絕對不能活下來的。若是墟里還活著，葉冷還可以當作一步伏兵，拿來牽制。但墟里既然死了，葉冷就沒必要存活下來，而且是一定要死。

父王不能有其他選擇，他也絕對不給。

但他生性多疑謹慎，殺人必先斷其黨羽，所以他把刀刃指向葉冷的女人。若能收服，他的手就不用沾上葉冷的血腥，既然不能收服……

他沒有動，而周圍的溫度驟然升高，高到景物微微的扭曲。屋裡所有的東西沒有冒出火苗，而是瞬間化成灰燼。

但金櫻子站了起來交抱雙臂，只是靜靜的看著。枝枒微微枯萎，卻有條不紊的裂膚而出，蔓延過地板、爬上牆壁、織滿天花板，將霸道的高溫困在這個小客廳裡。

細弱的花蕾，開始舒展。千花萬朵，一瓣一瓣的，用肉眼可見的速度，盡展風華，顏色卻漸漸的變了。

原本豔紅如血、碗口大的花，卻漸漸延展、怒放，顏色也整整齊齊的幻化，從紅而青、而藍，逐漸變成雪白……一屋子的紅月季恍惚成了白曇花，極放至蕊的月下美人。

而聞契身邊扭曲透明的高熱，卻漸漸轉藍、化青、變紅，顏色一格一格的變暗。

他錯了。禍種，就是禍種。即使有了巫女以身為鞘，依舊是差點殺滅崑崙的狂刃。身不動、手不抬，僅僅憑藉禍種之力，就能瘋吞他熾白的魔火，開出恐怖的惡之華。

恐怕那些白花挨身，世間再無聞契此人的存在。

「聞契殿下，」金櫻子和藹的說，「您也看得出來，我無須護花人。但葉冷陷入如此絕境，我不能說我沒有責任。」

「我大哥志大才疏，卻蒙閣下垂青，小弟在此謝過。」聞契淡然一笑。

金櫻子的目光轉肅然，「我聽聞魔族七情六慾較凡人濃烈，快意恩仇。但這不是人間作風，請聞契殿下諒解。」

枝枒散去，白花飄零。落地卻連枝枒構成的地板都能燒毀，一小眼一小眼，半尺深的洞。現出門口，聞契從來沒想過天空看起來會有這麼可愛。

金櫻子虛讓向門口，「聞契殿下，舒茲陛下身邊只有你一子，倚賴日深，金櫻子不敢留客。葉冷既已被逐出，我會好好管轄照顧。」微微一笑，語鋒一轉，「人間寒薄，無甚可贈，只能一語贈之。」

聞契也含笑，「請說。」

「聞此間孩童言道，三點方成一面。驟去一點，則面不成面。」

他一直安閒的面容終於變了。風魔王舒茲，現在只剩下兩個孩子。若把葉冷殺了，他就必須直接面對舒茲。兩個都有強烈權力欲的王者和王儲，碰撞的結果只有兩敗俱傷，最後是風魔一族的潰亡，誰也討不了好。

父王會把輕視痛恨的長子叫回去，他再三揣測都不懂用意……現在他懂了。父王也不想弄到那個地步，拿葉冷提醒他，別做絕了，各自收斂爪牙，彼此容忍。

舒茲拿葉冷牽制聞契的野心，事實上，聞契也需要這個絕對不可能當上王儲的風魔皇子當緩衝，無言的向舒茲表忠心。

他深深的看向金櫻子，只見她面容平靜無波，榮辱不驚。

可怕的禍種，加上可怕的女人。他一時輕疏大意，孤身踏入險境，這女人卻網開一面，客氣的請他走。卻又把時局看得這樣清楚，一語道破。

僅僅當個村巫，實在太可惜了。

他踏出大門，回頭問，「若我有位登極位的一天，后位可為妳虛位以待否？」

以為她會推托，起碼也講個好聽的理由。結果她笑出聲音，「否。您也看到了，我無須護花人，刺傷人倒會。」她斂襟一禮，非常巫女風範的。

城裡所有的魔族都走了。她輕輕吐了口氣，擦了擦額頭的汗。看看這滿屋亂爬的枝枒花朵，心底發愁起來。

所有家具裝潢都完蛋了。更糟糕的是，她私借了整城地力，一城的花草盡枯萎。整城的土地公都不會饒她，城隍大約氣得哆嗦吧？

只是賠禮也得等精力過度旺盛，「飲食」太過的禍種自己平靜下來，起碼也要十天半個月，這段時間，只能在屋裡坐牢了。

嘆了聲氣，她更皺緊了眉。表面上似乎揭過了這關，但她隱隱覺得，沒有這麼簡單。

或許，拜訪「主山神」的時候到了。

聞契「拜訪」二十天後，她走入了城外附近的一座小山。這山雖然不高，卻是中央山脈的支脈之一，相當於諸山的心臟。

這些天，金櫻子終於安撫了禍種，祭禳了城郭，算是賠禮，趁著葉冷還沒回來添亂，拖著疲憊的身體，急急的走入山中。

應該沒有道路，草木瘋長的荒山，卻在她踏上山的第一步，自動自發的草分樹偃，分出一條小徑。她微微苦笑，想來主山神悶得發慌，連她這個仇敵都如此歡迎。

有時腳下打滑，還有路邊小樹雜木伸出「胳臂」扶上一把，讓她的苦笑更深了。

走了三個多鐘頭，她讓小徑指引，到了一處幽深的小山谷，溪水潺潺，黃蝶紛飛。無數花香交織，著實醉人。

草木心甘情願的構成一把舒適的座椅，黑袍黑髮的主山神坐在上面，儼然如人君，皙白的皮膚更惹眼的透明。

她心底卻沉了沉。才十年而已。這個殺死主山神的外來者卻降伏了最桀傲不馴的中央山脈，如今已經可以在山脈中任意遊動了。

插手這件事情，對還是不對呢？

但如此巨大的地震，又怎麼能夠裝作我不知道？死傷那麼多人……如果她這違命巫不插手，失去主山神的中央山脈恐怕災變不僅僅如此而已。

她沒有任何選擇。只能偷襲強弩之末、奄奄一息的焚獄，將這個罪該萬死的火魔封進山裡，逼他挑起主山神的職位，用他來填補地動天搖的創傷。

這件事情，她做得還不錯。到如今還沒人識破主山神有什麼問題……也說不定大家裝不知道就過去了。原本狂怒的火魔也很識時務，悶不吭聲的裝了十年。

頂多在她住的地方附近弄點地震，表達一下不滿。但現在，現在。

現在他可以在山脈自由挪移了。恐怕很快的，他就會獲得自由。想要和平交接恐怕有點困難……事實上她也看不透焚獄，不知道他打算怎麼辦。

雖是火魔，焚獄的臉孔卻慘白的嚇人。他帶著玩世不恭的笑，撐著臉頰，「唷，小金櫻，還捨得來看我？」

「焚獄殿下。」她恭敬的以事山神禮跪拜，埋下十對玉璧。

「得了，給誰看？」焚獄打了個呵欠，「妳不如綁個人給我吃吃。上回妳送來那個強暴慣犯味道滿不錯的。」

「十年一祭，才祭過而已。」金櫻子微微笑。

焚獄冷哼一聲，使勁嗅了嗅。「風魔家哪個小紈褲去找妳？有無滿地找牙？」

好靈的鼻子。金櫻子微微挑眉，「那倒沒有，稍微過了招。聞契殿下很是留情……只是地祇們對我有些不高興。」

「小指頭可以捻死的東西有什麼資格不高興？」焚獄冷笑，「好歹是打敗我的人，腰桿挺直點。不然我的面子該擱哪？」

他略略抬了抬眼皮，「我以為會是墟里。」

「墟里殿下過世了。」金櫻子頓住，看著焚獄。

他眼睛張大，稍微想了想，「可糟了。魔尊大概死了吧。」焚獄露出非常感興趣的神情，「難怪我那老哥也找人來刺殺我。大約是鞏固王位，好爭那至尊的位置……」他放聲大笑，極其囂張的，「老哥啊……焦燬！你百算千算，還設了個局給我鑽，沒想到吧？陰錯陽差，這一島的脊椎早已歸我！有種就來啊～哈哈哈哈～」

金櫻子愕然看著他，心底越來越覺得不妙。當時情況極其危急，真讓災變擴大下去，恐怕一島不存。她才硬拿焚獄去填……不然急切間哪來夠份量的鬼神可以填這個巨大缺口？現在才覺得是飲鴆止渴，大大的糟糕。

她正暗自忖度，距離她五尺的焚獄驟然動手，漆黑的長髮扭擰，如鞭打在她臉上，灼燒似的疼痛後，臉上溼溼的，血珠一滴滴的流下來，瞬間在前襟落下一灘暗紅。

「唷，我能打得著禍種了。」焚獄輕笑。

金櫻子摸了摸臉頰，心底卻安了些。焚獄雖然能忍，但武力上卻很難自我壓抑。「是，焚獄殿下恢復得極快。」

「少來。」焚獄敏捷的反擊，「是妳讓我打這鞭出氣，順便衡量我還有多久脫離控制。」

金櫻子抿了抿唇。撇開立場和種族，焚獄是個有趣的人。若不是立場對立若此，她倒是很願意和這個火魔結交。所以困住他以後，她也一直保持尊重和善意。最讓她摸不著頭腦的是，理應恨她如仇寇的焚獄，卻用種輕佻平和的態度對她，也很樂意為她解答疑難。

他饒有興味的問了又問，聽完聞契的作為，他噴笑了，「幸好他老爸要把他送給我我不要。沾了這種自以為聰明的笨蛋，降低我的格調。他老爸暗示的那麼明顯，他還傻愣愣的。沒學到他老爸的一半呢真是……」

「送給你做什麼？」金櫻子好奇的問，「火魔跟風魔關係不是不太好？人質？」

「暖床。」焚獄回答的很乾脆坦蕩，「那小鬼長得不錯。」

金櫻子呆了一秒，「但他是男的……」是吧？

「漂亮就好，有差嗎？」焚獄不在乎的說，「但我不喜歡那種鬼祟的小孩。而且，他老媽是東方神民的後裔……好像犯了什麼罪被送給舒茲吧。但那種出身高貴的奴婢實在很麻煩，生下來的小鬼更麻煩。還得照顧他們高貴的自尊心，想到就累……說來說去，還是女人比較好。」

……沒想到魔族的愛好這樣「多采多姿」。

或許是悶得太久，焚獄開始擺龍門陣，從魔族的風俗習慣講到社會結構。她也才知道魔界諸族奉共主為尊，各大姓氏族各有其王。有點像是皇帝和諸侯的關係。火魔、風魔，就算是諸侯了。

聊到口乾，草木溫順的送上露珠水，金櫻子搖搖頭，「我帶了酒來。自己釀的純米酒。」

「還不奉上來？」焚獄大喜，「妳明知道我被捆了腿！」

她笑著在大碗了倒上米酒，焚獄暢快的一飲而盡，喝到大醉，引吭高歌。

「種瓜黃台下，瓜熟子離離。一摘使瓜好，再摘令瓜稀，三摘尚自可，摘絕抱蔓歸。」

他呼氣成火，眼神卻冰冷。「這是你們李唐王朝的一個太子寫的。頭回看到的時候，我哭了一夜。」他將碗一摔，打個粉碎，「老子我居然哭了一夜。幹他媽的什麼狗過的日子！什麼狗屁王室！金櫻子！妳大概以為我們魔族都吃自己孩子的是吧？屁！只有狗日的王室……」

金櫻子又拿出一個碗來。相識十年了，她早已習慣。親情，就是焚獄的心病。這個七情六慾極度濃烈的火魔，曾經和他的大哥焦熼非常要好，在天家無親的皇室裡相濡以沫，互相扶持的長大。

但長大登上火魔王位的焦熼，第一件事情就是殺光自己的兄弟，包括了焚獄。焚獄在他大哥的臉上深深的砍了一刀，就開始流亡的生涯，直到被設計來到人間，殺害主山神，被金櫻子逮去填了山。

只要觸及這類話題，焚獄就會大醉，然後又哭又罵，徹底破壞堂堂魔君的形象。

他一把抓住金櫻子的手，扯著聲音高嚎一聲，「金櫻子！我心底……苦啊！」然後更破壞形象的抱怨和吐苦水。

金櫻默默的聽，瞥見他與山脈融合為一的腿。惱怒？或許。一個任性的火魔皇子打殺了主山神，差點斷了這島的脊椎。憐憫、歉意？或許。硬把原本自由自在的鬼神和整個中央山脈綁定，汲取他的魔威填補，怎麼說都過意不去。

如果焚獄惡聲惡氣大吵大鬧，說不定她會好過些。但焚獄卻像個朋友一樣對待她……所以她沒抽開手，默默的聽他發酒瘋。

「金櫻子！」他哭罵到累了，有氣無力的說，「妳怎麼不說話？」

她為難了。

「……你的眼淚很燙。」火魔的眼淚比岩漿還富有殺傷力。幸好她是禍種寄生，不然就不是起幾個水泡能了事了。

「哇～」焚獄乾脆放聲大哭。

「……………」

* * *

結果，還是沒辦法動手。

摸著腰際磨了又磨的花刺，金櫻子對自己苦笑。

總有一天，焚獄會脫身而去，那天一定是災難了。她到今天還沒上報主山神殉難的事情。這島的神明都裝聾作啞，頗賣她這個前任違命巫的面子。

她想過，若是刺殺了焚獄，她以身相代，和平轉移比較有可能。或者乾脆上報上去，讓上面的去解決好了，她早就不是人類了，應該不關她的事情才對。

但是……她望著手上的水泡，一直沒有恨她的焚獄。她實在辦不到。

是她遇到的魔族都很奇怪，還是魔族都有被虐狂的屬性？被她拘禁的焚獄不恨她，還會握著她的手哭，醉到底嚷著要嫁給她……

這樣的軟弱心腸真的不可以，但怎麼辦呢？到今天，她沒殺過任何人或眾生。她真不希望焚獄是第一個。

糾結了半天，她還是下山了。

一抬頭，葉冷黑得跟鍋底一樣的臉在她眼前。

真奇怪。要說談得來，聰明智慧，聞一知十……焚獄比較符合。她也不算不喜歡焚獄，不然怎麼會這樣猶豫不決，想辦法掩護照顧呢？

連外貌都是焚獄比較帥，脾氣……事實上也比較好。

「膽子越來越大了，吭？」葉冷暴跳，「背著我去看那個死火把……我的面子要擱哪？啊?!」

而且，葉冷比較幼稚。她教得實在很辛苦。

默默的，金櫻子握住他的手。葉冷讓她嚇了一大跳，臉孔整個漲紅了。

哦，原來如此。

這個熟悉的手掌，還能讓她心跳多幾拍，很想一直牽下去。別人的手，是孩子的手，葉冷的手……是男人的手。

「回家吧。」金櫻子對他笑笑，「以後你弟弟不會來煩你了。他在魔界就有得煩了……」

「弟弟？」葉冷一臉想吐，「誰是他哥哥？」

「看起來是不像。」金櫻子承認，「他好看多了。」

「不像男人的傢伙，什麼地方好看？」他的臉又轉瞬間黑到發亮。

「呵。」她笑了一聲，把葉冷的手握緊。
她的心，第一次響起溫柔的鳴動，久久不絕。

之六　代價

任何事物都有一個既定的價格，絕對沒有不勞而獲的好事。她默默的想著。即使不是她要的能力，既然已經承受，就沒有拒絕支付代價的權利。

就是這樣。

所以別人驚嘆、愕然於她的強大，眩目於「違命巫」、「禍種寄生」的燦亮時，她只是默然的、靜靜的苦笑。

即使收服禍種幾十年了，她依舊不敢說能夠完全駕馭。這株狡詐的惡之華，依舊會在她稍微鬆懈防備時，猝不及防的狙擊。

像是現在，剛剛睡醒，熟悉的痛苦猛然撲了上來，彰顯一切她所有的不足和缺憾，喃喃的細語神經質的不斷迴響，枝條纏繞，沙沙地爬滿全身。

看看妳，金櫻子。禍種的細語如潮浪般不斷侵蝕。看看妳。妳根本沒為自己活過，生活在無止盡的窠臼中。事實上妳根本沒有真正活著過……妳沒有。

沒有青春沒有愛情沒有美貌，什麼都沒有。誰都在利用妳，金櫻子。看看妳沒有利用價值以後是什麼下場……在妳付出所有困住我以後。妳親手撫養的孫兒將妳關在石牢，苦苦帶大的曾孫女將妳賣給一個充滿惡意的邪魔。

妳以為風魔是愛妳的嗎？愚蠢的、愚蠢的女人，終究妳也只是個愚蠢的女人啊金櫻子。他只是在妳身上豪奪溫柔，發洩情慾。他懂妳什麼？當妳感到孤寂淒涼時，他總是不在。

因為他不愛妳。這世界上沒有任何人愛妳，只是想利用妳而已。

只有我，只有我待妳不同，金櫻子。我賜妳于美貌和青春，我賜妳于長生，賜給妳無比強大的力量和魅力。服從我、侍奉我吧……親愛的。妳所有的不滿和遺憾我都知道，我曉得妳最陰暗最貪婪的一面。

妳很污穢，是的。污穢。但妳只會壓抑消磨這種黑暗的慾望，這是不對的。順從妳的本能吧……釋放所有的不滿和狂怒吧……然後妳才會明白……

侍奉我！侍奉我！妳才能知道什麼叫做隨心所欲的放肆和所謂極樂的滋味！血祭所有膽敢利用妳和覬覦妳的敗類！順從妳血腥骯髒的慾望吧！

不要再掙扎了！妳的靈魂在叫囂著復仇！

無止盡的低語，無止盡的煽動。幾十年了，只有音量的大小，從來沒有停止過。金櫻子一如既往的沉默，還在醒和睡的朦朧地帶，她有些分心的想。

是呀，即使是極惡之華，也是挺有本事的。完完全全命中她的不滿和狂怒，那些壓抑得非常深的陰暗。

很容易令人崩潰，很容易。尤其是這種細語往往能夠引發劇烈的頭痛，從肉體到靈魂都飽受撕裂的劇痛。

但她記性真的很不好。可憐的惡之華。若是讓她折磨得了，就不會拖到現在還是只能屈服在金櫻子的手底下。

雖然不願意承認，但她並不是這時代受寵愛的、柔弱的女性。她出生於清末，繼承了母親那種傳統婦女狠辣的韌性。

她的母親能多狠，她就更狠。

現在的人是不能了解那種狠韌的。對自己狠：陣痛都能熬到煮晚飯給全家大小吃，自己在門後默默的生下小孩。才分娩不久，就能趁著月色去門口插秧，完全漠視身體囂鬧的疼痛。

對自己的女兒，更狠。能夠為了成就兒子的婚事，將兩個女兒送去當人童養媳，差點把金櫻子推入煙花這個火坑。

雖然不想承認，但金櫻子也不得不承認，她終究是母親的女兒，骨子裡帶著強烈的狠辣。她狠到再也不寬恕自己的父母兄弟，從來不曾回去過。在那古老的年代，她倔強的帶大兩個曾孫女，拒絕別人換養。

（女孩子換過去當童養媳，男孩子換過來繼承香火。）

因為被放棄過，所以她死也不願意放棄自己的子嗣。就算她們是女孩子。

就是這樣狠的心腸，所以她在滿懷憂思疑慮的公婆身邊，能夠泰然自若的堅忍，而沒有被心懷叵測的男人誘惑、沒有犯下任何不貞的錯誤。就是這樣狠的心腸，她才有辦法撫育三代，在媳婦和孫媳年少撒手時，一個人撐住整個家。

就是這樣的狠，這樣的狠，才能殘忍的扼殺所有軟弱和憂傷、女人固有的對溫柔與愛的渴望，將自己所有的情感都殺害殆盡，僅餘為母的責任和尊嚴。

是的，尊嚴。驕傲和尊嚴。自從逃過邁入煙花的命運後，她僅知唯二值得捍衛的一切。

禍種啊，極惡之華。妳說對了也說錯了。人心不是那麼簡單。妳能感覺到我的不滿和欠缺，但不知道人真正的核心不是那些污穢的貪婪而已。

總有某些東西值得驕傲的堅持。譬如為母的尊嚴，譬如慈愛。

我是母尊，母尊啊！三代為母的一方尪姨，服侍鬼神卻又違背天命的違命巫啊！我不需要青春和美貌，也不需要愛與溫存。即使剝奪人身已經半為妖……

我依舊是、依舊是那個驕傲的巫。

禍種的細語已經轟然成巨響，幾乎再也聽不到其他任何聲音。但她依舊沉默。

嘶吼有多瘋狂，她的沉默就有多絕對。

金櫻子終於開口，「聽令。」

禍種慘叫一聲，聲音高亢到靈魂都痛到生疼，卻還是緘默了下來，短短的給了她一點點安靜的時光。

她睜開眼睛，望著空氣中飄浮的閃亮微塵。頭好像鈍斧在劈，全身冒著迸裂的血花和疤痕，禍種細弱的枝條不甘願的緩緩回縮，並且很快的冒出腐敗的味道。

痛？當然。她知道有些部分還有壞疽產生。但是會好的，一直都會好。都已經幾十年了，再尖銳的疼痛和膿血、屍臭，她都熬過來了，不會這個時候就崩潰。

比起一開始的痛苦，現在已經陳舊，知道怎麼應對了。

最初的時候，她被從無間斷的細語和痛苦折磨的幾乎崩潰自殺。僅留的清醒是，讓她困在體內的禍種，對她的屍體比活著的她更有興趣。

若金櫻子活著，並且堅持著清醒的意志，禍種不但拿她沒辦法，反而會軟弱而屈服……暫時。

但這個選擇比自焚好。不是禍種才能探知她的心智，她也同樣能探知禍種的本能。自焚的確讓金櫻子解脫這種比死還淒慘的命運，但禍種雖跟著她一起滅亡，卻會在灰燼中誕生一個種子，成為將來的禍種。

她早就知道，身為違命巫就不要想愉快的好好死，禍種，只是命運給予的絕對報應罷了。所以她本性的狠與倔昂首，正面迎向這樣的宿命，一個人孤獨的面對著禍種不時的反噬和狙擊。

所以她學會如何漠然麻木的面對苦痛，面對孤獨，在她侍奉的鬼神轉過身不再回應，被家人拘禁繼而背叛，她依舊堅韌的獨自面對厄運。

然而她的這些苦痛和折磨，卻無人知曉。連同床共枕多年的葉冷也不知情。唯一略有所感的，卻是被她偷襲，替代主山神的焚獄，偶爾他會露出憐憫的神情，甚至給她一些大麻。

我不需要這種東西。雖然她都笑笑的收下，但心裡會默默的想。我不需要。

她不懂什麼叫做「求救」，也不認為自己有求救的資格。她會探問前山禍種的消息，不是羨慕或忌妒，只是擔心她竭盡全力禁錮了一株禍種，另一株禍種卻失控，讓她的努力白費。

是的。她是個頑固、狠辣，改朝換代都不能泯滅既有人生觀的老虔婆。從少到老，她都是不斷付出的那一個。這就是命，油麻菜籽命。就算是橫跨兩個世紀了，她還是不懂別人為什麼非得救她。

她能照顧自己的。不然，倚靠她的人怎麼辦呢？

葉冷？或許禍種說得對吧。他需要的只是妖美的肉體……符合魔族的審美觀，就這樣。所以？

所以他就該知道她的苦楚，必須救她嗎？

即使她這樣讀書不多的婦人，也知道在所謂的邏輯裡非常愚蠢。

她起身，帶著腐敗氣味的花瓣飄落，漸漸虛無、消失，味道也慢慢的散去。等洗過澡以後，那種令人不悅的屍臭也沒了。

抬手看著自己無瑕的手背，欣賞著。真不錯。控制力越來越好，禍種的意志越來越弱了，苦痛的時間也越來越短……最少她一天有幾個小時是安寧的。

雖然不安寧也無所謂，沒有什麼關係。她還是會漠然麻木的面對那些細語和痛苦，像是被巨浪不斷沖刷的岩石。

但她敢肯定，禍種沒有巨浪那麼悠遠的歲月，而她是絕對不會被改變的頑石。只要不過度使用禍種的力量，那株惡之華能趁隙而入的時刻就會越來越少。

金櫻子挺直了背，帶著淡淡的微笑，走入廚房。

又是新的一天。她不無驕傲的想。她又勝利的走入另一天，沒有敗給禍種。

屋裡有動靜。她凝聽片刻，確定是葉冷，多煎了一個蛋。他還是那麼沒有禮貌，連招呼都不打，直接的闖進來，大刺刺的用她的浴室，像是從來沒有離開過。

不過，她沒有什麼值得抱怨的。總之，葉冷為什麼還沒有膩，為什麼要一再回來，一直讓她很納悶。

是。她承認葉冷的手是男人的手，所以她選了葉冷。但這不是葉冷回來的理由。她很早就知道，她的生活太忙碌、太滿，容不下當一個「女人」的空間。漫長的歲月讓她領悟到的事情很少，卻很接近真理。

每個人都是獨立的個體，儘管再怎麼親密，甚至有血緣關係。唯一能掌控的，唯有自己。

所以她不明白葉冷。

即使這樣親密的同床共枕，她的心還是冷靜的、疏離的，甚至帶一絲絲好奇和溫柔的對待不斷回來的葉冷……當然是子姪輩的等級，附帶若干調教。

頭髮溼漉漉的葉冷走進廚房，一臉狐疑。「我說啊，妳早八百年沒有月事了，為什麼浴室還那麼大股血腥味？該不會妳又多管誰家閒事吧？」

金櫻子沒有正面回答，「吃飯還吃土司？」

「我問妳啥妳答啥呢？」葉冷暴怒，「既然煎荷包蛋火腿了當然是土司啦！牛奶！」很囂張的把空杯子往金櫻子一推。

金櫻子暗笑，順從的倒滿牛奶，把土司放進烤麵包機。反正葉冷是單細胞生物，把嘴巴和胃塞滿了，就會忘記這個疑惑。

唬弄他那麼多年了，都能瞞過去，已然駕輕就熟。

但這次卻不太相同。

歡愛後過度證明自己的葉冷奄奄一息的掌著她的胳臂，「妳、妳還沒說……為、為何一大早浴室那麼大股……血腥味……妳、妳別跟我講偷漢子了……」

金櫻子考慮都沒考慮就給他一個肘擊，讓他翻著白眼從床這頭滾到地板上涼快。全身泛著枝條和微微血味的金櫻子冷了他一眼，「你感覺不出來我偷了沒偷？」

葉冷憤然抬頭，卻嗆了一下……被自己的鼻血。這個女人誠心想殺他對不?!

「我是關心妳欸老虔婆!!」摀著自己鼻子，葉冷勃然大怒，「妳除了會動手打我還會幹嘛啊?!下手那麼重妳想殺夫是不是?!妳沒聽過夫是天出頭?!」

金櫻子瞪著他，緩緩的睜圓了眼睛，連禍種的枝條也緩緩的、畏縮的退回她的體內。她知道，葉冷在她身邊時，禍種會更緘默順服，但她從來沒想過為什麼。

「……夫？」她終於開口了。

「就、就差個手續。」葉冷不太自在的硬著頸，可惜嗆著鼻血不太夠氣魄，「是說人類的規矩也沒什麼好遵守的……妳很在意的話，啊就、就把手續辦一辦好了。」

「……我？」她不可置信的按著自己的胸口。

該死啊。葉冷猛按住自己鼻子，本來就在流鼻血，現在更洶湧了……這個死老太婆真是美到慘絕人寰……尤其是這樣無辜又無措的按著自己赤裸的胸口……

嘶……完蛋。

「這屋裡還有誰啊我問妳？」他惡聲惡氣的悶吼，「我總不會跟禍種那個，辦手續吧?!」

金櫻子研究似的看了他一會兒，「……為什麼？」

葉冷暴走了。為什麼為什麼?!他才想問為什麼!!媽的他為什麼離不開這個老虔婆啊？明明他看過她雞皮鶴髮的時候……但他又不是人類！

他喜歡漂亮女人就像人類喜歡豢養名種貓一樣，他看待人類就像人類看待貓或狗。人類分辨不出貓的年紀，波斯貓的確比較美麗。但也有人喜歡毛皮不那麼漂亮，但個性強烈的米克斯，不會因為貓老了就不喜歡。

雖然他這麼一個喜新厭舊的魔。他也沒辦法解釋，為什麼就喜歡這個老是差點宰了他的老妖婆。

遊戲人間似的結過很多次的婚，就數這次求婚最忐忑。現在這女人居然敢問為什麼？

「客兄是哪一個?!我去宰了他！」葉冷暴跳，臉上的鼻血很滑稽的跟著甩。

「這是……小朋友說的『腦補』嗎？」金櫻子探究的眼神更深，「你也腦補過度了，葉泠。」

低吼一聲，葉泠衝進浴室嘩啦啦的洗澡，然後衝出來穿上衣服，氣哼哼的走了。一如往常，連再見也沒有說。

這個時候，金櫻子才認真的考慮，莫非他是認真的？

就算是認真的，也太滑稽了。葉泠到底是怎麼了？為什麼會突然提出這樣奇怪的要求？還有什麼是他沒得到必須從婚姻得到的呢？

子嗣？不可能。她這樣人不人、妖不妖、鬼不鬼的，月事在她依舊是黃家祖奶奶的時候早就沒有了，這樣違反常理的返老還童，也沒讓她的月事回來，葉泠應該比誰都明白。

葉泠不相信她？這更是笑話了。偷不偷漢跟結婚有什麼關係？一紙婚書的約束力，在她這個邪惡的枕邊人眼中，比衛生紙還不如。

那是為什麼？

但她的合理推想卻沒有推出任何答案，讓她自棄的嘆了口氣，放下了。葉泠說不定跟人打賭鬥氣之類的，原因太多，很難推斷。再說，他氣走了，可能很久以後才會看到他。

可第二天一早，她就被葉冷粗魯的搖醒，讓還不怎麼清醒的金櫻子抽了幾藤鞭。

「我為什麼想娶妳呢？」葉冷咕噥著，粗手粗腳的幫她套衣服。

「什麼？」金櫻子糊裡糊塗，卻被葉冷拖著跑，「要去哪？」

「辦手續！」

「所以我問為什麼……」

葉冷把她拖出門，塞進租來的車子裡，像是要吃人一樣盯了她老半天。好大半晌才悶悶的說，「反正妳沒損失，對吧？」

「是沒錯。但我不懂你能得到什麼。」

他發動車子，猛踩油門，咬牙切齒了一會兒，才粗聲回答，「我說過了。」

「說過什麼？」

「我們魔族，最喜歡罪在不赦的女人了！」葉冷大吼，「不要跟我說妳不記得！」

金櫻子深深的盯了他一會兒，發現要仰首才能忍住流淚的衝動。她終於明白，為什麼禍種會畏懼葉冷。

因為葉冷，就是把她看成「一個女人」，而不是「違命巫」、「禍種寄生」，更不是黃家主母。

就只是，「一個女人」。

她內心最深刻也最卑微的願望，第一個擊殺的願望。徹底背反殺害情感的結果，就是在她心底落下最深沉也最陰暗的角落，唯一能讓禍種擊破的弱點。

葉冷暫時性的補上這個弱點，在她知曉之前，禍種就已經知道了。所以極惡之華才會畏懼而緘默。

現在，葉冷卻願意補強，不管時間長短，她總算在這段時間，可以比較輕鬆的抵禦住禍種的侵蝕。

雖然說，假的身分證和簡單的手續造就了一樁假的婚姻，最少不是人類法律承認的……她和葉冷都不是真正的人類。

這個品味不怎麼樣的風魔修道者，往她手上套了很俗氣的大鑽戒，活像個玻璃似的。他自己的也差不多，設計得更囂張。

但他笑得很得意，心滿意足。「以後妳打我，我可是可以打一一三的。」非常神氣。

警察能把我怎麼樣？而且先生，你好歹是個魔族，還是個王族。弄到打一一三的地步，不覺得很落魄嗎？

金櫻子默默的想。不過她沒說什麼，反而點了點頭。

且讓他高興一下好了。望著俗氣無比的婚戒，她想。反正該管教還是要動手，他也不見得真的會去打一一三。

畢竟葉冷很愛面子。

好吧。以後動手就輕一點。就算是假的婚姻，她也是很尊重的。

「根據人類的法律，以後妳絕對不能偷漢！」葉冷非常愉快的宣佈，特別強調，「尤其是那個死火把！聽到沒有?!」

「你明明知道我不會……」金櫻子嘆氣，「不說焚獄大人品味沒有那麼差。」

沉默了半晌，「我甚至不是人類。」

「屁！」葉冷嗤之以鼻，「除了人類以外，誰會吃飽沒事幹到處管閒事，當那個他娘的巫？妳就是老把別人家的棺材抬回來哭的死女人！妳到底要不要解釋浴室那大股血腥味是怎麼回事兒?!……」

我是人類。金櫻子驚愕的看著盛氣凌人的葉冷，發現潛伏在她體內的禍種發出尖銳的哀鳴，沉寂了。

她沒有求救，葉冷就救她了嗎？什麼都不知道的葉冷，就這樣彌補上她的兩大心病……她被拯救了嗎？

「妳幹嘛哭？」葉冷慌張得差點把車開到安全島上，手忙腳亂的靠著路邊停，「等等！不是只有要妳別偷漢，我也不會在外面偷吃！妳知道的嘛，吃過妳以後我怎麼還有胃口……」

葉冷胡亂的擦著她的眼淚，金櫻子卻按住他的手，將眼睛埋在他掌心，痛哭了起來。像是幾十年的心傷，終於有了癒合的機會。

她終於可以暫時的休息一下，不用永不停止的支付代價。雖然她知道，這只是飲鴆止渴，萬一葉冷離開，她必定會受創更深，恐怕會敗給永遠虎視眈眈的禍種。

但她依舊感激。

只是日後葉冷很氣悶。雖然說結過婚以後，金櫻子完全是ＶＩＰ等級的待遇……娶個清末的女人就是這麼好，過足了當丈夫的癮。瞧瞧他那些人間的豬朋狗友，個個都是Ｍ，人人是妻奴，只差沒有捧馬桶伺候太后，還個個樂此不疲。

金櫻子真的奉行「夫是天出頭」的真理……大部分的時候。

但只要他偏離人類的標準一點點，譬如發脾氣砸個杯子摔個碗的話……總是被「伺候」的很周全，鼻青臉腫不足以形容，逼他好幾次都想打一一三。

可這女人，這該死的女人。總是一面幫他療傷，一面淡淡的說，「天若無道……偶爾也要逆天一下。夫君你說是不？」

「夫你媽啦……哎唷！請謝謝對不起！天有道了、有道了！不要逼我打一一三！」

葉冷很悲哀的發現，這時候金櫻子的微笑，真是令人絕望的美麗。

身為一個風魔王族，說什麼他都不能承認，自己就是他媽的非常Ｍ，Ｍ到不行。而且只對金櫻子這麼M。

太沒有面子了。

之七 憐憫

空氣中帶著潮溼的氣息。溫潤的風掠過海洋、翻過山脊，夾帶著水氣，化成如霧般的綿綿春雨。

簇擁著烏雲，伴隨著無聲的囂鬧和微微的血腥死氣，橫過半個天空。金櫻子有些詫異的抬頭，已經多少年了？她都記不清楚。她已經很久很久沒見到這位被遺忘的神祇……

印象最深的那次，是天火降臨的那一年。縱著狂風刮過天際，無數驚惶的亡靈寧定下來，隨駕著祂的風而行。

祂不屬於任何天界，甚至也不是地祇。遠在眾生存在之前就已經存在，初民的人類還崇拜自然時，為祂們獻上許多詩歌和祭禮，替祂們上了許許多多的尊稱……直到轉為崇拜比較利己、形象跟人接近的天界神明，又慢慢的淡忘祂們。

被崇拜，祂們並不在意，即使人類老用祂們的名義行扭曲或血腥的祭禮，祂們也是漠然的看著，並不因此感動心腸。被遺忘，更不在意，已經冷眼看過多少智慧種族在大地上興起又衰敗，甚至滅亡，所謂的「永遠」根本不存在。

祂們就是風、就是火、就是大地、陰暗或光明，或者都是。就是所有精純的力量化身，本身並沒有善與惡。

所謂善惡，不過是人類拿來區別利不利己的分野罷了。

但活人因為越趨理性而對祂們徹底遺忘，死去後卻回憶起所有初民的古老記憶。在驟發而驚惶的天災人禍喪生，陷入狂亂的狀態下，往往會被巡遊而過的渾沌神祇吸引，伴駕前後，直到徹底冷靜下來，才離開進入輪迴。

理論上應該無情無感的渾沌神祇，看盡滄桑的神靈，卻特別會在災難將起的上空巡遊，默許徬徨無依的死靈跟隨。

在依舊受到崇拜的時代，祂們被奉為至高無上的「神」，在天界神明漸漸侵奪了信徒之後，一知半解的人類視祂們為妖魔、惡靈。

但祂們既不辯解也無所謂，依舊自在的巡遊，被簇擁著橫越天空。甚至人類所謂崇拜的天人也不放在祂們眼底……那些天人不過是掌握力量大些的眾生罷了。

祂們本身就是世界的組成。

金櫻子遙奉，狂風稍緩。

「噢，妳還在？」低沉而悅耳的聲音穿透雲層、破開靈魂直接共鳴。

「光之主，我還在。」金櫻子俯首。

「呵。」渾沌的神祇低笑一聲，「人類很喜歡亂上封號，嗯？無所謂……反正是最擅長遺忘的小東西。你們之前的幾批小東西，還記得比較久……破壞力也比較小。」

金櫻子沉默了，緩緩的開口，「光之主因何降臨？」

「有很多小東西將會死掉，我讓他們跟從。」低沉的聲音在金櫻子的靈魂持續共鳴。

她愕然的抬頭，望著天際墨黑烏雲的一小道金光。「……何故？」

「我不懂你們這些小東西……以前還知道跟我們談談，也知道固守自己的領域。現在……都不對了。

「墨黑的王者死在王位之上，宮殿讓火焰吞盡，血脈幾乎斷絕。怨恨之火蔓延整個領域，點燃戰禍……從那一邊延燒到這一邊。他們需要靈魂，我不給他們靈魂。」低沉悅耳的聲音漸漸飄渺，漸漸遠去。

「等等！光之主！」金櫻子大叫，「且候！這是什麼時候的事情?!我們該做什麼才能免除？」

「小東西……困住我姊妹的小東西。不會永遠只有生命而沒有死亡，一切都有終點。」

「……我是人類，而且還是一個巫。存續種族是每個生物都有的本能！」

渾沌神祇沉默良久，「……奇怪的小東西們。你們的答案都相同……很快、很快的……」

「少司命！」

「沒有人叫我這名字了。我已經被遺忘。」渾沌神祇低沉悅耳的共鳴帶著一絲絲幾乎察覺不出來的惆悵，「很快的……」

「少司命！」

「金櫻子！金櫻子！」她被猛搖搖醒，「妳做惡夢就做惡夢，別抽我啊！嘶……住手！不對，住觸手！媽的！」

好一會兒她才真正清醒，瞪著臉上好幾道血痕的葉冷。「……我就說過，我們還是分房睡的好。」

「靠！」葉冷勃然大怒，「老婆是幹嘛用的？就是抱著睡覺！不能抱著睡覺娶老婆幹嘛?!只是要那個我不會花錢找……哎唷！妳又抽我！」

金櫻子抹了抹自己的臉，「抱歉，禍種不好控制。」語氣卻沒有絲毫歉意，「只是你知道的，萬一你跟別人睡……」

「知道啦知道啦，」葉冷不耐煩揮手，翻身壓住她，「睡得正熟被妳抽醒，還喊什麼少司命……妳給我說，那是誰？吭？老實點我告訴妳，精神外遇也不可以的！幾歲住哪我去宰了他！……不給妳點厲害瞧瞧都不知道誰是老大了……」

為什麼總是學不乖呢？金櫻子有些納悶。要跟禍種寄生比續航力，還是個風魔附體的人類修道者……跟蜻蜓撼石柱有什麼兩樣？

要知道，禍種本質就是吞噬和採捕。雖然已經盡量控制了，但是在歡愛中她一個把持不住……

就會在床上出現奄奄一息的人乾風魔。

不過觀念很傳統的金櫻子還是溫順的對人乾……不是，對葉冷說，「是，你是老大。」

「知、知道就好……」上氣不接下氣的人乾葉冷喘著，「還、還不去、不去煮飯……我、我睡個回籠覺……」

男人，就是愛面子。金櫻子沒戳破他，只是默默去洗了澡，套了件長外袍就去廚房。

這不是普通的夢。她心事重重的煎火腿。因為每句對話，每個細節，她都記得清清楚楚。

光之主……很久很久以前，有人稱祂少司命，朔曾經說過，在「白女巫」當中，她被稱為帕納迦或魯納，塔羅牌裡頭的「女祭司」就是她的化身代表。

在普遍冷漠旁觀的渾沌神祇中，她屬於比較友善的一方……或許因為祂也兼管生命的關係。也是人類依舊崇拜渾沌自然時，最願意對人類開口的神祇。

神祇已然開口。

她反覆想了很多遍，端著早餐進房，疲勞過度的葉冷鼾聲大作。她啞然失笑，說不出什麼滋味。

永遠閒不住的、喜歡到處亂跑的葉冷，跟她成親以後，居然忍耐住風魔天生的流浪癖，硬是在家待了一年多，勉強自己跟鄰居往來（即使非常不耐煩），但為了能炫耀一下婚戒，宣佈主權所有，他也就忍了。

甚至因為聽到幾句閒話，跑去當泥水工，跟人修馬路去了。金櫻子詫異的跟他說不用如此……他們兩個非人根本沒有缺錢的時候，他鼻孔朝天的說，「靠！老子看起來像是吃軟飯的嗎?!挺輕鬆的活兒……女人家惦惦啦。」

每個月發薪水的時候，都非常神氣的把薪水袋扔在金櫻子的面前，說有多得意就有多得意。還特別喜歡在家裡有客人的時候扔。

鄰居有時候看不過眼，跟金櫻子嘀咕葉冷太大男人，「賺錢養家天經地義有什麼好得意的……太不尊重妳了。」

金櫻子只是笑笑。

將餐盤擱在床頭櫃，金櫻子側坐在床邊，看著呼呼大睡的葉冷。連她自己也不知道的，露出了稀有的柔情。

這麼傻的傢伙，腦袋挺不靈光。為什麼會跟他呢？可見自己的腦袋也沒靈光到哪去。

「阿冷，飯做好了。」她溫柔的推了推葉冷。

「啊？」他惺忪的睜開眼，「這麼快？幾點了？我上班要遲到了……」

……你根本不用去上什麼班。你本來……就是自由自在的風魔，沒有必要用人間的框架束縛自己。

「剛我看了你的簡訊。」她輕輕的答，「你們工頭說，雨下太大，今天先停工了。」

「是喔。」他揉著眼睛，「幹！好香……」伸手去抓，卻被金櫻子打了一下手，這個脾氣很差的傢伙立刻要暴跳……卻讓金櫻子塞了一把上了牙膏的牙刷。

「刷牙洗臉後再吃好不好？」她語氣很溫和，還在旁邊捧著漱口杯，腳邊有讓他吐漱口水的水桶，桌上擺著熱騰騰的臉盆和毛巾。

娶這個老婆是好還是不好呢？葉冷很感嘆。說好，一天到晚「鐵的紀律」，真早晚會被她打殘；說不好，又服侍得這麼周到，完全體現「夫是出頭天」的真理，他敢說三道六界沒人享受過老婆這麼全方位的ＶＩＰ待遇。

天殘地缺，世事古難全。

他很享受如廢人般的梳洗，連命令金櫻子餵他，這個神氣的老太婆都溫順的照做，這時候他就忘記被修理得多慘、榨得多乾，只覺得娶這個老婆真是娶得太正確了。

「妳也吃、也吃！」他眉開眼笑的拿另一份三明治餵金櫻子，「我的乖乖，妳要是總這麼溫柔就好了……」

單細胞生物。金櫻子暗笑。「我盡量……阿冷，你們魔尊真的死了嗎？」

葉冷感嘆，「是啊，真的死了。那麼大一家子，全掛光了，有兩個台灣大的宮殿，燒了好幾年，遠遠還看得到火光啊……真的是非常慘。但是偷襲的石魔君主也沒討到好，也被火魔偷襲了。大家都想當魔尊，沒辦法。

「現在整個魔界亂成一鍋粥了……你打我、我打你。我老爹就是也捲進去打個沒完，誰知道他立的王儲是個白癡，想藉機窩裡反……結果那白癡丟了性命，還波及到我，妳看多倒楣……」

「會打到人間嗎？」金櫻子不經意的問。

「人間劃分給百魔，應該不可能吧？」葉冷想了想，「不過也難講，都亂套了。人類的魂魄是魔族的大補丸、萬靈丹。說起來，那滋味真是……嘖嘖，想到就流口水……哎唷！」他摀著眼睛發火，「妳打我幹嘛?!」

金櫻子的語氣依舊溫和，「有些事情，連想都不該想。天若無道……」

「我明白了！超老梗的金櫻子，說過幾萬遍了……懷念一下都不行……停！我打一二三了喔！」

＊　＊　＊

這個島嶼，突然爆發了一次很嚴重的流感，第一波就死了好幾百人。

在文化昌盛、醫學發達的現代，這個數字實在太過可怕了。

雖然早有心理準備，她的城市在嚴密監控下傷亡數字比較小，還是讓她對疫魔的數量感到吃驚，甚至迫不得已的過度動用禍種之力，飽受反噬的痛苦。

但她習慣性的漠視這種痛苦，只是感到非常憂慮。

不自然的災禍不斷，此起彼落。已經和平了將近一世紀的人間又開始動盪不安，充滿詭譎的氣氛。相較起來，疫魔的入侵，還是當中災害範圍最小的。

意外的是，葉冷雖然罵罵咧咧，卻還是幫著她抵禦了如海嘯般的疫魔潮。

「那關妳什麼事?!妳不是人類也不是巫了！」葉冷跳腳。

「阿冷，你老忘記自己說過的話。莫非活太久老年癡呆了？」金櫻子泰然自若的反擊。

「反了啊！妳跟我說話這種口氣！我是妳的天妳的天欸！結婚才多久妳就反了……」

金櫻子沒理他，喃喃自語著，「結果還是打到人間來嗎？」

「真的打就不是死這麼一點人。」葉冷嗤之以鼻，「搶資源而已。魔族又不是傻瓜，內耗到最後同歸於盡？反正人間也只有百魔，搶點魂魄來補充有什麼關係？」

「你不在百魔之內吧？」

葉冷先是啞口，繼而惱羞，「誰希罕那種破領主的位份兒？還不都得怪妳！當初是誰把我綁定在人類身體裡的？吭?!那時我正在排候補妳這混帳老太婆……」

不是說不希罕？

她無力的嘆了口氣，望向天際。有些畏懼帶著溫潤水氣和血腥死味的薰風降臨。

神祇已然開口，但她卻不知道如何阻止這樣大規模的衝突和浩劫。她能庇護的只有一方，也唯有一方。

只有幾件事情值得安慰。葉冷雖然對人類很冷漠，卻還是幫她的。代替主山神的焚獄非常激昂興奮，所有侵入島嶼脊椎的魔都被他擊殺。而違命巫這塊金字招牌還沒怎麼掉漆，最少事魔者沒怎麼來。

天界神明照慣例不能插手，但一些久住的在地妖怪卻自主性的團結起來，在人類不知道的角落，驅除不斷入侵的疫魔。

沒想到幫助她護守一方的，居然是兩個魔族和一群妖怪。甚至連她自己，都不太算是人類了。

但還是太勢單力薄了。這些低階的小魔數量龐大，很容易從界與道的隙縫闖進來，很難在人間殺死……一時的消滅只是讓他們回歸魔界而已，人類的生命卻脆弱如琉璃。

怎麼辦呢？她躊躇了。

向來沉穩的她也感到一絲絲焦躁時，卻接到朔的電話。

朔還是那麼安靜、穩定，只是詢問是否允許她推薦的人上門拜訪。

「誰？為什麼拜訪我？」金櫻子微訝。

「妳是……最後一個『違命巫』。」朔靜靜的說，「但一島的重量不該只放在妳的肩膀……大道絕對不是一個人可以侍奉而運轉的。他叫做徐如劍……是故人的子弟，請多擔待了。」

「……朔，我見到了少司命。」

「我也見到了帕納迦。被遺忘的神明已然開口。」朔輕輕的掛斷了電話。

沒有。金櫻子默默的想，祂們從來沒有被真正遺忘過。

後來她接待了那位名為徐如劍的少年道士……最少從她的角度看來，還很年輕，卻充滿才華，非常有潛力。

挺拔俊秀，這麼點年紀已有小成了。

「妳那什麼眼神？」葉冷細聲的咬牙切齒，非常忌妒，「這傢伙少說也四、五十歲了！」

「……比起我們都年輕很多很多。」

「妳……靠北！我不在外人面前給妳難看……」他磨了磨牙齒，充滿敵意的瞪了徐如劍一眼，小聲的對金櫻子說，「吃幼齒不見得會顧牙齒我告訴妳……當心蛀牙！」不怎麼甘願的離開了客廳。

有禮卻疏離的徐如劍望了望葉冷離去的方向，「他似乎不是人類。」

「我也不算是呢。」金櫻子溫和的回答，「但我們在此鎮守。」

這個年輕的道士狼狽了一下，肅坐道，「您是護佑一島生靈的違命巫。」

「只是當中之一，而且那也沒什麼……更何況我還被禍種寄生中。」

這個年輕道士，抬頭深深的看著金櫻子，神情漸漸哀矜，「前輩，這種隱事，真不該告訴我等後進。」

金櫻子淡淡的笑了。雖然一直隱居在東部，但她也聽說過這個年輕道士的威名。據說更年少時，是個除惡務盡，趕盡殺絕的人物。沒想到眼前卻是個懂得悲天憫人的孩子。

明明各事其道，但這個邏輯觀念很強的少年道士，卻跟她相談甚歡，金櫻子很痛快的加入由靈寶派主導的抗衡聯盟中，而且承諾在她範圍內的眾生由她來說服。

他們準備和魔界開談判，但魔界出名的陽奉陰違，所以需要各方的協助，恩威並行，才有談判的本錢。

「只靠你們不夠。」金櫻子說。

「當然不只我們。」氣質凜然出眾的道士，年輕的面容，鬢角已然開始飄霜，「這不是一國一家的事，能夠動員的能力者都希望動員到……目前看來，比意料中的順利。」

是嗎？

「前輩，靈寶派會送幾個弟子過來協助……希望您不會覺得冒犯。」

我不用一個人孤軍奮戰嗎？

「如果你的門派不介意我這邊不是魔族就是妖怪的話。」金櫻子溫和的回答。

「我們門派的法術比較排外……這沒錯。」這個年輕道士說，「但門人並非全都如此……請相信我們。」

金櫻子點了點頭，將他送出去。

其實她本來不太相信的。她一直都孤軍奮戰，心裡滿懷憂慮。但是很神奇的，突然疫魔大規模的退卻，只有零星的幾隻在境內遊蕩，靈寶派的年輕孩子就清除乾淨了。

徐如劍一直送信給她，報告進度。基於對最後一個違命巫的尊重。

所以她知道，魔尊皇族的血脈沒有死絕，倖存的兄弟恰好就在這個小小的島嶼內，所以靈寶派奪得了主控權，用談判和會議來替代不斷耗費資源的戰爭與侵略。

不管是天火還是瘟疫，都不會真正的降下來了。

時代真的在進步。她想。用不著像她們這些蠻勇的違命巫，正面衝撞到頭破血流。總有更好更理想的辦法。

後來她又再次見到少司命，讓許多亡靈簇擁著，挾帶著溼潤溫暖的風，吹拂過鋼青色的天空。

被遺忘的渾沌神祇，那麼愉快的巡遊而過，不因為簇擁的亡靈或多或少在意。但她覺得，那個光燦的渾沌神祇，卻像是大笑著，連雨滴都沁著溼潤的歡欣。

祂說，「你們的答案都相同。」

即使被遺忘，忽略。即使和眾生的關連越來越小，依舊是憐憫的吧？所以祂才會出現，垂問，提示，引導。

朔說得沒錯。大道不是一個人就能侍奉和運轉的。

按了按自己的胸口，她對自己苦笑。渾沌神祇的光之主、少司命，對她說，金櫻子困住了她的姊妹。

有光當然就有影。禍種本來就是眾邪氣彙總的化身侵入草木種子而成，本質上……和渾沌神祇沒有什麼不同。

不過，這跟她有什麼關係？她只是個村巫、荭姨。她做該做的事情，跟其他人類沒什麼兩樣。

「妳要看那小子寫來的信看多久啊?!」葉冷很火大，「邊看還邊露出那種可疑的微笑……也不想想自己的年紀……而且妳已經嫁人了！」

望著怒髮衝冠的葉冷，穩重的金櫻子突然很想逗逗他。

「阿冷，你吃醋了是不是？」

葉冷瞠目結舌，臉孔慢慢的紅起來，漲成豬肝色，粗著脖子吼，「笑、笑話！林北會吃醋？為了妳這老虔婆吃醋？哼哼，妳也把自己想得太……」

「那正好，我去探望焚獄大人，最近他也辛苦了……」

「妳給我站住！幼齒也肖想，老灰仔妳也不放過……妳別看焚獄臉皮嫩，那娘炮還比我大好幾百啊?!不准去不准去不准去！」

發完脾氣，看著金櫻子直挺挺的背著他，微微顫抖，他心底一緊，突然難受得不得了。該不會被他罵哭了吧？這滋味真難受……還不如讓金櫻子揍一揍他痛快些。

唉，女人怎麼抗壓力這麼低。他就、就是心底有點不痛快……絕對不是吃醋。吃醋那麼娘的事情，他堂堂男子漢大丈夫怎麼可能會這麼幹。

正在考慮要不要砸個杯子還是碗給金櫻子一個台階下的時候——讓她揍幾下總該不哭了吧？——沒想到金櫻子輕輕的噗嗤了一聲。

葉冷愣了一秒，怒吼的撲了上去，完全沒有考慮武力值有多不相等。

之八　遺忘

她張開眼睛，窗外淒涼的雨聲，點點滴滴，寒氣漸漸的冒了上來。被窩卻很暖……或許是因為枕邊人的體溫，所以溫暖的讓人眷戀，即使這個睡相不太好的傢伙有條腿跨在她腰上。

但她還是起床了。根深蒂固的習慣就是改不了，天不黑就起床，已經是刻畫在靈魂裡的生理時鐘。

拉了件背心加上，正準備梳洗後去洗衣服時，看見昨晚看過的信，壓在鎮紙下，讓寒風吹得沙沙作響。

對這一切，她有些無措。

看起來直逼天火的巨大災難，卻消弭於無形中……大部分。真的到處擾亂的，是些排不上位份，趁火打劫的下等魔族，輪不到她動手，就讓靈寶派的少年弟子們消滅了。

原本繃緊精神，準備不顧一切，即使徹底燃燒她和禍種的生命之火違抗到底的命運，居然雲淡風輕的消失了。

她居然，有那麼一點點，一點點的失望和失落。

或許她累了，也或許，她希望能奉獻到最後一刻，然後能夠休息。但這些都沒有發生，她依舊得與禍種抗衡下去，甚至連存在的價值都漸漸消失——她根本用不著做什麼，那些年少道士就會處理完畢。

就像渾沌神祇被遺忘，她們這些沒有系統教育、純粹仰賴天賦的巫，也真正的退到歷史的陰影，再也沒有用處了。

有紀律、有系統，有自己產業和財富，足以培養人才和延續道統的道，終究和歷史演進相同，取代她們這些良莠不齊的巫。

其實她不該不開心，應該感覺欣慰才對。她的城市更安全——畢竟天界神明更願意和這些道門溝通。

而不是已為半妖、宛如不定時炸彈的她。

但她覺得疲憊而蒼涼，一直在考慮離開這件事情。原來，我這麼需要「被需要」。原來，我唯一足以撐下去的動力，只有牧守一方的驕傲。

當驕傲和「被需要」蕩然無存時，她會如此失落，失落到不知道該怎麼辦才好。可能，很有可能，她從出生到現在的漫長光陰，一直都陷入忙碌不堪的狀態。為人女、為人徒，然後為人妻、為人媳。之後為人母、祖母、曾祖母……

同時也牧守一方，連被禍種附身都沒放下過。

但終究，她還是走入歷史了。被尊重、仰慕，卻無益世間的違命巫。

打開水龍頭，冰冷的水稍微轉移她的注意力，一件件的搓洗。葉冷在工地上班，光用洗衣機洗不乾淨沾滿泥土和水泥的衣服。

「妳幹嘛手洗？」睡眼惺忪的葉冷尋來，只套了條長褲，搔著肚皮抱怨，「妳若不會使用妖力，我教妳，又不是什麼難事兒……何苦折騰自己的手？凍破皮的天！妳這樣苦毒我老婆……」

陰暗的淒涼感，居然讓他幾句話就驅散了。或許我也非常好打發。金櫻子想。

「餓了？」金櫻子微微笑著轉頭，「幾件衣服而已，很快就洗好。我喜歡親手洗你的衣服。」

葉冷瞬間清醒，臉孔和耳朵微微泛紅，粗聲道，「難道用妖力洗比不上用手洗？算了算了，一根筋似的老太婆……跟妳講不通。只有荷包蛋和火腿喔，別想有更多了。」搔著肚皮咕噥著，轉身進了廚房，沒多久就傳出食物的香氣。

其實她還是「被需要」的……暫時。葉冷還是需要她……雖然她一直不懂為什麼。明明她管教得很嚴格……他也一直很暴怒。

不懂，不了解。男女情事就她而言，接近白紙一張。她知道孤寂，了解守寡時那股難耐的衝動……但也只是人類追求繁衍的本能罷了。她不懂兒子和孫子在年少喪妻後為什麼那樣的哀痛欲絕，說什麼都不肯續弦。

她承認媳婦兒和孫媳都是好孩子，兒子和孫子跟她們幾乎都是青梅竹馬，但不太能了解為什麼另一半撒手西歸，能夠讓這些男兒死了大半，把精神幾乎都耗費在店鋪裡，怎麼都不想再娶一個。

金櫻子承認，她不懂……本來不懂。她和丈夫一直相敬如賓，非常客氣……本來就是硬湊的陌生人。丈夫死去她雖然感到憂傷，但並沒有太深……她太忙碌了，一家大小的擔子都在她肩上，她幾乎忘記丈夫的容顏……偶爾孩子想到詢問時，她還得絞盡腦汁才回憶起他模糊的容顏。

但她現在，似乎懂了……有點。

若是葉冷離她而去——這幾乎是必然的——她大約也不想跟任何人「鬥陣」。太多的回憶充塞，佔滿了所有的回憶。她沒辦法想像嫁給別人，或者上別人的床。

那太奇怪了。

晾好衣服，她走入廚房，葉冷塞了一杯熱牛奶在她手底，拉長了臉，「都凍紅了！討皮癢是不是？老虔婆？吃飯了！」

「其實我洗好就會來煮飯。」熱牛奶的溫度侵染著凍僵的雙手，有點刺痛，漸漸的回暖，舒服起來。

「哪、哪等得到妳來做？老子餓死了！喂，不是為妳煮的喔，是我餓了，等不住！煮給妳吃是順便、順便！」

結果你也沒先吃呀。土司還在烤麵包機裡，火腿和荷包蛋蓋在鍋子裡保溫。

「謝謝。」她很誠懇的說。

「謝、謝屁啊謝！就說不是為了妳……吃妳的！」狼狽不堪的葉冷大吼，不肯讓金櫻子動手，粗魯的把火腿和蛋夾在土司裡，遞給她。

真的很美味，真的。聽說英語裡的「惡魔」和「美味」有關係……她原本覺得真是天差地遠，但現在明白了……最少葉冷的手藝真是惡魔般的美味。

「其實，你不用去修馬路。」金櫻子遲疑了一會兒，「去五星級大飯店當主廚輕鬆多了。」

「修馬路挺好，那些漢子相處跟魔一樣直來直往，好相處。誰希罕侍奉那些扭捏作態的有錢人？老子可是風魔王族！誰配吃老子做的飯？吭？」非常鼻孔朝天。

下著雨，所以今天葉冷沒事。但他沒待在家裡，興沖沖的說要去找朋友……據說有一大票的魔族待在某所大學進修，有些是他的熟人。

「別闖禍。」金櫻子整了整他的衣領。

「老子看起來就像是出門闖禍的樣子嗎？哼！」他火氣很大的回嗆，「那個……回來給妳帶伴手。」扔出一張符，就倏然消失了。

金櫻子微笑的搖搖頭，收著餐桌。葉冷永遠閒不住……不用上工的時候，總是到處瘋跑，說也奇怪，他這樣能力低微，朋友卻一大堆。

大概是，誰也沒辦法真正討厭他吧？

開了店門，泡了一壺花草茶，生意照樣很冷淡。但她知道，靈寶派的少年道士們輪班在她附近監視著。

監視我。金櫻子想。他們雖然尊敬的喊達命巫，但也恐懼她終究會敗給禍種。

但她不想說破，也沒打算驅趕。或許這樣是最好的……反正她已經走入歷史，若是有那一天，這些監視她的後進，就是她的催命符。

對這世界只剩下拘禁禍種的作用。

或許這樣最好。

＊　＊　＊

當天晚上葉冷回來，笑得一整個誇張，繪聲繪影的告訴她，所謂「魔界自選至尊」的真相。

「妳知道有多蠢嗎？哈哈哈！一個不靠譜的人類小鬼提議用漫畫的方式打武

鬥會，那些蠢斃了的君主們還同意了！現在都跑回去打武鬥會了，哈哈哈～」他揚了揚手上的DVD，「就是這個啦！我跟他們凹了一套，咱們看看能蠢到什麼程度……哈哈哈～」

他放了DVD，硬摟著金櫻子，一起看動畫「幽遊白書」。

結果呢？結果就是他跟其他魔族沒什麼兩樣，一整個沉迷得不可自拔，那套DVD看了N百次，又從「幽遊白書」追到「獵人」，因為「獵人」出太慢，天天憤怒的嚷著要去日本刺殺作者，惹得金櫻子動鞭子才冷靜一點兒。

「……魔界很無聊嗎？」金櫻子看著這個大孩子很無奈……真是越活越倒退。

「說起來，還真他媽的無聊。」葉冷坦承，「就是追求更高更強的力量力量和力量！勝利了就能吃掉對方增強功力……然後繼續打架和吃飯。我就是沒有力量，別人還不屑吃我……媽的有夠丟人。現在仔細想想，真是無聊透頂……我以前在人間幹嘛啊，只知道拚命修煉和玩女人，從來不知道有這麼有趣的玩意兒……」

金櫻子沉默了半晌，「我也是被你玩的女人之一嗎？」

葉冷的臉孔驟然變得鐵青，牙齒咬得咯咯響，死瞪著金櫻子。「隨便妳愛怎麼想好啦！豬腦袋！金櫻子是豬腦袋！」氣得往外衝，好幾天沒回家。

我為什麼會冒出那一句呢？金櫻子詫異的想。為什麼……明明知道葉冷現在很上心，會非常生氣。

明明知道，現在的葉冷，非常非常在乎她。

到底為什麼呢？

她收拾著散亂在客廳的ＤＶＤ和漫畫，百思不得其解。然後挑了蟲師，坐在螢幕前看了起來，等她意識到的時候，發現自己淚流滿襟。

為什麼？沾著自己的淚，她很不解。明明知道是虛構。

可她的一生，這麼漫長的一生，回首卻宛如鏡花水月般飄渺虛無。她的努力和驕傲，自尊與執著，在時代的巨輪輾壓下，顯得那麼可有可無。

現在放棄掙扎也無所謂……會有人來消滅禍種，給予她真正的安息，已經有人、很多人可以接手了。

她已走入歷史。

呵。結果，她的驕傲成為真正的致命傷啊，金櫻子。太過度的驕傲，自以為舍我其誰。從來不是重擔和責任需要她，而是她需要重擔和責任來彰顯自己存在的價值。

現在不用了不是嗎？

她有些愴然，惆悵，但也釋懷、如釋重負。

試試看吧？她終於解除了所有責任和重擔，所有的身分。她終於解脫了……從種種的身分和束縛解脫了。

終於，終於，可以當……「金櫻子」。

再也不是誰的誰，就只是……金櫻子，我自己。

只是這樣突然的自由讓她不知所措，有些輕飄飄的，足不點地似的。ＤＶＤ還沒播完，她站在門口眺望著鋼青色的天空。

她總是，從一個城市到另一個城市，最多也就為了焚獄，走入大山。但她心底永遠壓著沉重的負擔，從來沒有機會好好看看周圍的風景……她幾乎想不起來大山除了焚獄，還有什麼她記得的景色。

想過許許多多次，大海是怎樣的遼闊，是否和天空的鋼青一致……但她頂多就站在文化中心眺望而已，匆匆一瞥，居然回想不起真正的顏色。

我可以走了，對嗎？或許會偶遇同樣被遺忘的渾沌神祇，或許祂們願意跟我說話。

但她終究還是沒有走。她還沒跟葉冷告別……最少也要跟他告別。不想燒符或使用妖力，她想很人類的、面對面的，用人類的言語，親自告訴他，真的，她真的很喜歡被葉冷摟在懷裡看ＤＶＤ，聽他囂狂的大笑，純真的跟個孩子一樣。

謝謝他視她為一個女人，既不是禍種寄生的半妖，也不是違命巫。坦承的告訴他，謝謝，而且，我終於明白「愛」的滋味。

但五天後，面對繃緊了臉孔回家的葉冷，她啞然好一會兒，不知道要說什麼。她實在對這一切太陌生了。

面面相覷好一會兒，她訕然開口，「謝謝，我愛你。」

葉冷緩緩張大了眼睛和嘴巴，眼眶整個紅了，一個熊抱差點把她勒斷氣，引來禍種的自我防衛系統，被鞭了一整個體無完膚。

……這就是傳說中的被虐狂嗎？隨著葉冷看動漫畫的金櫻子納悶的想。

但她的離開沒被阻攔，葉冷鼻青臉腫、面帶鞭痕的跳腳罵了半天，收拾行李，很神氣的要當金櫻子的嚮導。

「本來宅在家裡一點意思都沒有，真不知道妳怎麼能宅上百年。」葉冷教訓她，「我怎麼可能讓自己的老婆自己去旅行……尤其是從來沒出過門的老虔婆，迷路就迷死妳！反正……蜜月也是要補的。」

「可是……」

「沒有可是！夫是出頭天！跟著我走就對了！嗚哇，終於可以到處跑了……我讓那群豬朋狗友瞧瞧，真正的絕色該長什麼樣子……而且這絕色還是我老婆！」葉冷很偏離主題的沾沾自喜。

……結果我還是沒能當回「金櫻子」，依舊是別人的「娘子」，偶爾還得兼任「娘」嗎？

無所謂吧？其實。

就像她沒有遺忘渾沌神祇，葉冷也從來沒有遺忘她。

她握住葉冷伸出來的手，這是她男人的手。她的，男人。真是新奇的經驗，而且有點兒不適應。

但這樣的不適應還滿妙的。

深深吸了一口氣，充滿自由的甜美。

她跨出一步，走入歷史中。然後跨出一步，真正的走入金櫻子的人生。掌中的溫熱告訴她，她並不是一個人。

最後一個違命巫就此消失在歷史的塵埃中，但金櫻子的人生，從此刻才開始。

（東月季物語本文完）

番外篇之一　殘悲

做夢了。

高高居在草木構成的王座上，焚獄睜開眼睛，默然無語。

人間真是危險的地方，即使幾乎和人沒有接觸，還是容易受影響……居然讓從不做夢的魔族做夢了。

不知道是太多下等魔族入侵島嶼脊椎的刺激，還是聽聞魔界高階會議的緣故。或許都是。

焦燬會來吧？他那樣權勢慾望滔天海深的魔界君王，一定不肯放棄爭取魔尊的機會吧？

夢這種事情真是不講理。他不只一萬次希望能夢到他那一刀砍去焦燬的頭顱，結果夢到的卻是他們小時候的溫馨。

在弱肉強食，陰謀詭譎的火魔王宮，相依為命的生活在一起。吃飯都是一個先吃，沒異樣才一起吃——這樣中毒才有另一個救。睡覺也是一個先睡，另一個守護——不然宛如牛毛多的刺客早要了他們倆的小命。

互相扶持，相濡以沫。他比焦燬還小幾年，剛出世的時候不是焦燬竭盡全力的保護，偷偷抱離藏起來，等待父王回宮，他說不定就夭折了。

魔族出生就有記憶，半天就能行走覓食。所以這一切，他都記得很清楚。

他是焦煅的小小跟屁蟲，最忠貞的兄弟、臣子。或許魔族天性就有強烈的權勢慾和強大的力量渴求，他有，他也有……但這些在對兄長的孺慕中都完全可以壓抑。

沒關係，他可以為臣，可以當焦煅的副手。他能夠壓抑的……因為他很愛自己的哥哥，從出生就保護他到成年的哥哥。

在冷漠無情的王宮中，這是他唯一感到溫暖的情感。所以他很盲目的信賴，完全不魔族的支持焦煅，就算是焦煅要殺掉所有其他的兄弟姊妹，他身先士卒的，雙手沾滿了兄弟們的血。

但卻沒有想到，他最信賴、孺慕，那麼喜歡的哥哥，居然舉起刀，向他砍過來。

其實早該想到不是嗎？焦煅的命令就是「殺光所有前君主的子女」。這命令不包含焦煅本人，卻包含了焚獄。

原本他認命了，絕望的認命。為了鞏固君主之位，每個君主都這樣做，沒什麼稀奇的地方。

但是焦燬卻告訴他，之所以這樣保護照顧這個弟弟，只是想收條以後必定捨棄的臂膀。

這，才是壓垮焚獄的最後一根稻草。讓狂怒的他在焦燬的臉上深深劈了一刀，同時也被焦燬重創，突破重圍，慌不擇路下，強行穿越了和人間的縫隙。

但也是因為焦燬重創他的法術，讓強弩之末的他陷入幻影中，誤認前來關注的主山神是焦燬，使盡魔威的殺掉了主山神，差點導致一島陸沉。

就是使盡了魔威，才會讓個區區人類……或說半妖半人的巫偷襲成功，禁錮取代陣亡的主山神，扛住一島的脊椎。

啊，他對那個巫並沒有什麼怨恨……或許恨意也有其極限。他所有的恨意都給了焦燬，面對人間的巫，只有灰燼般的疲倦。

或許這樣也好。他想。反正所有的信念、眷戀、信賴都已經粉碎殆盡，僅餘斷垣殘壁。反正他無處容身，身負幾乎難以痊癒的重傷。

就這樣吧，無所謂。就這樣吧。

他被埋在很深的地方，很深很深。非常接近地火的所在。據說很久以前，這一島的脊椎，原本是旺盛的活火山。

為什麼把他埋在這裡？他不明白那個妖怪似的巫。這樣他就有機會好起來，不是嗎？明明他害死了許多人類，巫自以為的眷族。人類情感軟弱，不是會想盡辦法復仇嗎？

為什麼？

或許要用他殘餘的生命之火潤養殘破的脊椎？有可能。那就這樣吧。他沉入極深的睡眠，如死亡般。

但沒幾年他就甦醒過來，與這島的脊椎融合在一起。他清醒過來時，所有的草木都歡欣的面對他，像是朝向光明。

愚蠢的生物。他冷笑。火和光明不能劃上等號，笨蛋！

但這樣愚蠢的生物群，卻將他從深深的地底抬到地面，構成草木編織的王座，愚魯的視他如主山神。

性命短暫，愚蠢的人間生物。

他試圖離開，卻沒能真正離開……他的雙腿和大地依舊密不可分。

但這只是需要時間罷了。只要他力量積蓄夠了，再次斷了這島的脊椎，他就能起身、自由……

然後去哪？

回魔界殺焦燬？

他很悲哀的發現，並且不願意承認，他下不了手。往事像是鬼魅般纏繞著他，他最常想到的是焦燬無傷的面容俯瞰著，緊緊抱著剛出生的他，小聲的安慰，顫抖著躲在巨大簾幕後的一個很小的地洞，竭盡所能的護著他。

這一定是某種惡毒的巫術，絕對的。一定是焦燬施放在他身上的邪惡幻影。他對自己憤怒，對焦燬憤怒，消極而絕望的困在草木構成的王座上。

但是這些愚昧無知的生物，草木環繞著他，拱衛著他。對他展現最美的花顏，呈上甘醇的露水，簇擁著，漸漸他能在大山遊蕩，靠的是草木的力量。

「白癡。我不是你們的山神。」他喃喃著。

但這些智商很低的草木依舊簇擁、仰慕。連禁錮他的巫，每隔段時間就來祭禳他，以主山神的規格，如友似朋的和他交談，給他書籍打發時光。

甚至為難她的提出要生祭，她都真的去抓一個強暴慣犯來給他吃。

或許有魔很喜歡人類的味道吧？但其實他不喜歡。這麼淡薄的味道……還不如吃個下等魔族。

但有種情感，一種遲疑的、溫情的情感，讓他覺得親切、熟悉。雖然他永遠不會承認。

這個名為金櫻子的巫，一直遲疑的想殺他，卻永遠被無聊的情感牽絆住，下不了手。沒錯，他自由的時候就是這島陸沉之刻，任何一個理智健全的智慧種族都知道該怎麼做才對……反正他還這麼虛弱。

但她總是摩挲了又摩挲尖銳的花刺，和他親切的交談，然後自責的回去。

愚蠢的人間草木，愚蠢的、似妖的巫啊。愚蠢到……他都不知道該怎麼起殺心，愚蠢到……他原本輾轉劇痛的心漸漸平復下來。

算了。反正他也沒地方可以去。陪這些愚蠢的傢伙玩玩好了……說不定金櫻子會殺他，說不定草木會背棄他。到那一天再起身就好了……

反正也沒其他的事情好做，不是嗎？

但沒想到人間這樣危險……居然會影響到他。比方，越來越喜歡那個禁錮他的巫，偶爾會憐憫她漫長沒有止盡的痛苦和抗衡。比方，越來越喜歡臣屬的草木精靈，這些愚忠的傢伙，盲目的愛戴。

比方說，魔族膽敢涉足他的範圍，再次激昂起沉寂已久的戰意，憤怒又興奮的撕碎吞噬，吃得非常的飽。

飽到他隨時可以起身，卻還是沒有離開。

比方說，他會做那樣溫情脈脈的夢，眼角有著半滴淚。

他會來吧？焦燬。以前限於規則，現在適用特別使節的身分前來。他不會允許有個隱患留在人間……距離如此之近。

所以，來吧，焦燬。我的傷都好了，好得非常完全。在我的土地，一島的脊椎上，來吧。

我會殺掉你，等你徹底緘默的時候，最後一次喊你哥哥。將你的屍體埋在土地之下，滋養我的領土。

來吧，來我這裡。火之君主，焦燬。

* * *

他果然來了。

焚獄仔細看著他的面容，意外的是，自己以為會暴怒、瘋狂，沒想到這麼平靜。詫異的是，焦燬的臉上還帶著那個深深的刀疤。

照他的能力，應該很容易治好吧？畢竟焚獄的那一刀是純粹的武力……法術一直不是他的專長。

更奇怪的是，他居然沒帶半個隨從，就這麼自己來了。這很笨不是嗎？焦燬不是一直操縱著人心，最擅長叫別人去死嗎？

用溫情和殘酷交錯的收買和出賣，這就是焦燬，火之君主。

「別回來魔界。」焦燬冷冷的開口。

許久不曾聽聞家鄉的語言，焚獄愣了一下才理解。他彎起一個譏諷的微笑，「斬草不除根，春風吹又生喔。」

明明很美的漢文，翻譯成家鄉的話，卻這麼不倫不類，挺有喜感。

焦燬應該是聽明白了，他沁著一個扭曲猙獰的笑，「別回來。回來就殺你。」轉身就要離開。

但焚獄被激怒了，「站住！在這裡解決我不好嗎？不要逃走！叛徒！」竭盡全力的揮出草木擰轉的一鞭。

焦燬卻沒有還手，只是閃躲過去。回頭看了他一眼，罩上兜帽，沉默的離開。

那天山區下了很大的雨，大到差點引發土石流和洪水。那是主山神所能呼喚的最大雨量。

焚獄緊緊的抓著自己的腿，直到指甲深深的陷入肉中。他沒有哭，但豪雨沖刷著他的臉龐，遠遠的看，很像他在流淚。

還活著，那孩子。焦燬默默的想。幸好。

他把兜帽拉低一點，不讓任何人看到他的表情。身為魔族，不是一種悲哀，王族才是。

不該在母后生產的時候經過寢宮，不然就不會看到自己的弟弟。小小的嬰孩，眼睛倒映著天空藍。

他一定是瘋了，才會接受母后的懇求，把弟弟帶去躲起來。然後看著小小的嬰孩在他懷裡慢慢長大……半天的光景而已。

王宮一直很殘酷，非常殘酷。父王在的時候還好些……他就是父王還在的時候幸運存活的孩子之一。父王外出時，儘管是君后，還是往往護不住自己生的孩子……太多黑手了。

他為什麼要豁出性命保護這個小小的孩子呢？不明白。

但這孩子這麼依戀他，信賴他。在充滿陰謀和血腥的王宮中，是唯一可以感受到溫暖的人，可以放心的深呼吸。

這樣不好，這樣不對。將來他若即位，一定會把所有的兄弟姊妹都殺乾淨……

血洗王宮是每個登基者的傳統程序。他不能軟弱，他是第一君位繼承人……焚獄是第二。

第一個該殺的，就是焚獄。他不能軟弱。

啊，我只是利用他。一定是這樣。利用他讓我安全生活，利用他那可笑的情感。所以我軟弱一點沒有關係……要騙過別人得先騙過自己。

就是這樣。

所以他讓焚獄成為他的刀，血洗王宮的刀，當興奮的焚獄疲憊又驕傲的將勝利奉給他時，他舉起了刀。

沒有利用價值，焚獄可以死了。

焚獄的眼睛睜得很大，血染的容顏那麼無措，像是一切都崩毀。瞳孔還倒映著他剛出生時，純淨的天空藍。

明明焚獄沒有躲，他卻砍偏了。明明可以殺焚獄一千次……他那樣疲憊，焦燬卻放過無數破綻，自己也不明白的，激怒他、讓他在臉上砍了一刀，逼焚獄逃往人間的裂縫。

問了自己無數次，為什麼，卻終究沒有答案。他不醫治自己臉上的疤，也拒絕臣子的醫療。每每深思的時候，就喜歡撫著疤痕。

為什麼？

不知道。不想知道。

就像他沒辦法克制自己的，前來探視焚獄，手裡的刀沉重的宛如千鈞，怎麼都提不起來。

不要回來。千萬，不要回來。回來我就得殺你……

臉上的疤痕很疼，非常疼。

焚獄，弟弟。你不要回來。身為王族就是這麼不幸……千萬不要回來。

不要逼我面對自己的軟弱，和絕對而必然的抉擇。

驟起暴雨，身代為這島脊椎的焚獄瘋狂的發洩。但他沒追上來，幸好。

這是一種惡毒的巫術，命運的嘲笑。你我可以逃，卻躲不了。

疤痕更疼了。

但焦燬知道，他永遠不會去治這個傷，寧願永遠這麼痛。這樣他才能克服最後的軟弱……和偶爾軟弱一下。

那天晚上，焦燬也做夢了。人間真不是好地方，影響魔族很深。

他夢見魔界偶然的晴空時，年幼的焚獄驚喜的指給他看，瞳孔倒映著純潔的天空藍，和稀有的晴空一樣。

睡夢中的火之君王，熾熱若火焰的淚水橫過傷疤，將枕頭燙出兩行焦痕。

（殘悲完）

番外篇之二　雙生

「我拒絕。」黑色瞳孔有著微微紅光，隱隱約約可以看到模糊狼尾的青年，連話都沒聽全，非常乾脆的斷然回絕。

靈寶派弟子梅碩博搔了搔腦袋，狐疑的深思起來。莫非我扣了酬勞讓他知曉？不可能啊，委託都還沒說完，何況酬勞幾何？

但師門就是看重他的商業才華，才派他來跟溝通人與妖之間的半妖使者談價格。這個出身犬封的半妖，備受敬重……畢竟原本溝通各族的巫越來越凋零，殘存的巫也把路越走越偏移，奉神或事魔，完全失去原本巫的功能。居住在人間的眾生和人類往往因為細微摩擦而導致戰爭……

最少東方是這樣。

這個半人半妖的郎七郎，因此巧妙的彌補了這個缺口，阻止了許多戰爭和災禍，被稱為「郎中連」。

更重要的是，在不違背原則的狀況下，郎七郎也願意接一些瑣碎私人委託，當然要價也不會太便宜。

如果能找到犬封的狼妖來，折扣可以更豐厚……可惜梅碩博坑得太快，唯一認識的犬封狼妖氣得跟他絕交了。

所以連坑人都得審時慎度，必要的時候要放長線釣大魚。

「……咱們又不是不認識。」梅碩博深思之後開口，「酬勞呢，還是可以談的……」

「你把整個人間的金子都找來堆在一塊兒，我也不幹。」郎七郎淡淡的說，「違命巫還不夠苦？就剩這一個了。有本事你們自己追查去，別賴我。」

幾時郎仲連對人類有這麼好心腸啦？梅碩博詫異了。郎七郎的娘雖然是人類，卻早早過世，他從小在犬封長大，直到成年發現是半妖才被放逐……但這傢伙一直死心眼的對犬封掏心掏肺，族群認同無可動搖。

他對人類客氣，卻是種疏離的禮貌。

「我們若是搞得動，怎麼會麻煩到你？」梅碩博發牢騷，「郎仲連、郎爺爺，我叫你祖宗好不好？又不是要幹嘛，我們只是想知道最後一個違命巫上哪去了……」

「是嗎？」郎七郎似笑非笑的瞅了他一眼，讓梅碩博發毛。

壞了。師兄千交代萬交代，交代他絕對絕對不能洩漏違命巫是另一株禍種寄生的事情……他不小心漏餡兒嗎？

「總之，這個委託我拒絕。」郎七郎睨了他一眼，「違命巫金櫻子又不是你們的誰，省省心，你們份內的事兒就管不淨了，還管到一個退休養老的巫去……住海邊？管那麼寬。」

長袖善舞的梅碩博第一次踢到鐵板，灰頭土臉又垂頭喪氣的回去覆命。

唔，這群死道士也不是全沒良心的……最少沒洩漏金櫻子也是禍種寄生的祕密。即使那些奪天地之功的牛鼻子老愛多管閒事，但也沒辦法真正的討厭。

不過真是笨得緊，要他一個愛花成癡的護花人洩漏另一株禍種寄生的去向……怎麼可能。

更何況，遠在認識這群牛鼻子之前，他就先認識了金櫻子。甚至是他建議金櫻子往後山隱居的。

那時，他抱著自己也不明白的心情，養護著朱移已經二、三十載。世間不會有人比他了解禍種，和禍種寄生的痛苦。

他一直很忙，一直一直。除了好好安置她，給她服侍用的傀儡奴僕和衣食，能回來看朱移的時間一直不多……至少比他希望的少。

但這株半枯的、移株的朱移，忍耐強韌的對抗禍種帶來的侵蝕痛苦，熬著幾乎致死的火傷，面對他時，總是溫馴而平靜。

親手照顧她那麼長久，他已經不太能分辨是為什麼了。

所以他見到另一株禍種寄生，違命巫之一的金櫻子，湧起一股溫然的慘傷。命運如此苛待這些無辜的女人。不管是讀書人家的小姐，還是庇護一方、晚年卻擔此厄運的違命巫。

朱移還有他，金櫻子有誰呢？

「應該……痛得不得了吧？」他不忍的垂問。

「還行吧。」金櫻子淡淡的，露出有些慘澹卻傲然的微笑。

那樣的笑，他多麼熟悉啊。

「……在這麼短的時間內出現兩株禍種，大部分的人都想不到。」七郎放柔了聲音，「違命巫金櫻子，妳還去後山吧。後山人少事簡，也不會有什麼人去找麻煩。」

那個禍種寄生，返老還童的少女，瞳孔卻帶著歲月久遠的滄桑，深深的看了他一眼，「……為何？」

「我養護著另一株禍種寄生。」七郎坦承，「反正都已經吸引了所有的砲火，我還有幾分薄面，眾生和人類不會太過分……沒必要把妳也拖下水。」

「另一株禍種寄生……」金櫻子的聲音有點不穩。

「那株禍種已然半枯。」七郎沉默了片刻，語調放輕，「我會養護到，最後。」

最後。金櫻子微帶悲苦的笑了笑，充滿憂思的美麗。最後。

「若是……真的最後，」她溫柔的、緩慢的說，「禍種若焚毀，會在灰燼中留下一顆潛伏的種子。那會是……下一任的禍種。」

「我明白了。」七郎的語調更輕。

後來金櫻子接受了他的建議，搬到後山……之後的花東生活。而他所看護的朱移，因為較早現世，屢經艱困、幾度瀕死的存活下來，成為世人所周知的禍種寄生。

一年一年的養護她，七郎偶爾觸及到「最後」這個念頭，卻一年比一年酸楚。他真害怕，真的很害怕，萬一朱移忍受不了長期的折磨痛楚，屈服或自盡的時候怎麼辦……

他想過把她託給信賴的人，也曾經這麼做過。但他忍受不了。說他自私也好，蠻橫也罷。他既喜歡自由，東奔西跑，但又希望能養護著他的解語花，朱移會一直等他回家。

壓著抑著，還是忍不住去探望她，朱移半枯黯淡的容顏卻燦爛出歡喜，攢著他袖子的手指不斷顫抖。

她是我的。既然將她灼燒得半枯，說不定遙遠的未來必須親手執行「最後」……她就是我的，我的解語花。

所以他將朱移帶走，在忙碌與忙碌之間探望她，心底時時做著準備……最後的準備。

但他終究太看輕了這些堅韌的人類女子。不知道她們能忍耐到眾生所能承受的最高極限。

他的朱移如此，違命巫金櫻子，也是如此。

養護這麼久了，他很明白被禍種寄生的人類女子，比誰都明白。他沒有博愛到把另一株禍種寄生也庇護在自己羽翼下，他的心裡，畢竟只能種一棵解語花。

但不去助紂為虐，尊重違命巫的意願和自由，總該做得到吧？

他的朱移，都能夠因為機緣巧合，清除了禍種的邪氣，誰知道違命巫會不會遇到她的契機？

命運很殘暴肆虐，但也很公平。堅持到無可堅持還堅持下去的人，才能讓命運屈服，然後引發偶然的慈悲。

他一直沒讓朱移知道太多外界的腥風血雨，以及另一株禍種寄生。小心翼翼的養護這麼久，他的朱移已經飽受折磨和覬覦，什麼別個禍種，魔界入侵和談判，關她什麼事情？她不用知道。

但終究朱移還是知道了，裝作不經意，還是有點小小的失落，「……她美嗎？有……屈服給禍種嗎？」

「據我所知，她一直沒有屈服，反過來屈服了禍種。」七郎捧著茶，眼神在氤氳白氣中顯得朦朧，沒有正面回答美不美的問題，「說來也奇，明明京都的櫻花應該比較美，我卻覺得自己家庭院的野櫻最漂亮。朱移，妳說奇怪不？」

朱移垂下眼簾，專心的吹涼捧著的茶。佈滿燒傷的半張臉孔，完美無暇的半張臉孔，都漸漸泛了霞暈。

他的解語花，是很聰慧的。

（雙生完）

作者的話

其實當初寫《東月季夜語》的時候，我就很苦惱過是否要照「閱讀」到的部分書寫。因為當初設定的時候就有兩株「禍種」，分別寄生在兩個女人身上，她們都受相同的苦楚，但命運大不相同，應對的方式也不一樣。

只是我「拼圖症候群」又發作了，所以我很神經的又把《沉默的祕密結社》（同人誌http://seba.pixnet.net/blog/category/1383471）、另一株禍種《異語》（雅書堂出版http://seba.pixnet.net/blog/category/1414446）架構在一起，甚至間接可以跟《荒厄》（雅書堂出版http://seba.pixnet.net/blog/category/1336990）成一個系列世界。

一開始設定的時候，我就是這樣架構的。只是吃了太多列姑射島系列（禁咒師、妖異奇談抄、瀲灩遊、歿世錄等等）的苦頭，我實在不想再重蹈覆轍，因為那是把自己折磨死順便虐待讀者的行為。

所以，我規規矩矩的飆完《荒厄》，娛樂性的寫了《沉默》，後來還寫了《異語》，也就很烏龜很鴕鳥的含糊其詞，不想承認其實當中是有關連的。

但我想這種拼圖症候群是沒救的。當初我寫《東月季夜語》會斷頭很久，其實就是很煩要把拼圖兜在一起了……然後我就必須承認手賤多創了一個獨立的「荒厄世界觀」，連帶寫娛樂的《沉默的祕密結社》都包含在其中。

原本很矛盾，因為這對購買單本的讀者不公平，像是逼他們去買其他本來對照似的……而且這是雙生禍種的補完篇，字數可能不太夠。

促成我認真補完的主要緣故，卻是兩個番外篇和金櫻子最後的結局。當初在《沉默》設定焦燬的時候，我就略微「閱讀」到他的故事，直到「鳴動」，又閱讀到他兄弟焚獄的故事。

郎先生有他想說的話，金櫻子也有她的心路歷程。

這些，能夠因為我覺得懶得拼圖，就可以忽略擱置嗎？在我重讀幾次殘稿後，下定決心補完了。

我想對購買單行本的讀者可能不太公平……但是讀者若是想要補完，我給網址好了……這樣就可以很節省的將拼圖拼完全。

一切的問題都解決了……大概。

除非將來我發神經突然開始整理百萬設定集，不然還是會有很多讀者感到迷迷糊糊……像是看到魔尊一家死光就驚恐是否路西華一家死光……

不是的。荒厄世界的魔界至尊並不等同列姑射系列的魔界至尊路西華，這等於是跨世界的張飛打岳飛。

但我看著手邊那麼多的書……自己寫的書，只會感到一陣陣的無力，然後痛罵自己為什麼那麼愛寫，還拚命拓世界，像是對自己不夠狠似的……

這絕對是一種絕症。

所以我在補完其他的坑之前，我決定，絕對絕對不要再拓荒了……要拓就在自己的電腦拓，不然我永遠也整理不完百萬設定集。

現在只能祈禱寫作的暴君饒過我，不要再拓荒了。我面對著五、六個世界設定完全束手無策……單單一個列姑射島系列的設定集才整理了個開頭，我就發現是個可怕的工程。

我，有生之年，真整理得完所有設定集嗎？

為什麼我要造這種孽呢？而且在我腦海明明很清楚很分明的各個獨立世界，一書諸文字就那麼那麼的複雜和漫長……？

我有病嗎？我是M嗎？

事實上，我不想知道答案。

*　*　*

撇開那些令人頭昏和崩潰的百萬設定集，其實我還是挺喜歡《東月季夜語》（不然也不會衝動的寫出來）。

我一直都不是誰的心頭肉，但別人看來不靠譜的外婆卻一直待我很好……雖然她最喜歡的是我小妹不是我。但我聽著外婆說了很多以前的事情，在幼年時留下很深刻的記憶。

後來我媽媽給我妹妹講鄉野奇談時，我在旁邊聽到一些，之後我花蓮的婆婆補充了一些。

從幼而長，直到出嫁，我發現女性長輩的故事裡都有雷同的影子，而她們居住的地方根本是天南地北。

像是「媽祖婆」、「觀音媽」、「聖母」，用裙裾或雙手接炸彈，像是村裡免費幫小孩收驚看病的老婆婆，一些神祕又勇悍的女人，憑著一把菜刀或柴刀驅趕妖魔鬼怪。

聽著這些故事，我的年紀漸漸的大了，也漸漸的和那些故事裡的婦女年紀差不多，越來越能隱約的體會她們的感受。

這些女人，這些，一直為別人活的女人。沒有興趣沒有娛樂，一直困在既定的身分中，從來沒有「自己」的女人。

很遺憾我的台語僅到能聽，卻無法寫得入神，導致語言的部分有些彆扭。但我已經竭盡所能，希望能夠替這些從小聽到大的鄉野故事，那些女人，留下一點痕跡，並且虛妄的達成她們從來沒有達成的夢想：當一回自己。

其實這沒什麼用對嗎？但一個說書人所能做的祭禳也就這麼多而已。

總有一天，我也會走入歷史，成為陰影和亡靈，我明白。總有一天，我那麼多虛妄而混亂的小說也會湮滅成為歷史的塵埃，再也沒有人記得，我明白。

那，其實也不怎麼樣。

我很暢快的活過一回，而且當著「蝴蝶」這個「自己」。

這是以前的女人想都不敢想的夢。我覺得這樣已經太多，徹底完滿了。

蝴蝶 2012/1/17

國家圖書館出版品預行編目資料

東月季夜語 / 蝴蝶Seba著. -- 初版.
-- 新北市 : 雅書堂文化, 2012.04
面； 公分. -- (蝴蝶館 ; 55)
ISBN 978-986-302-048-6 (平裝)

857.7 101005317

蝴蝶館 55

東月季夜語

作　　者／蝴　蝶
發 行 人／詹慶和
總 編 輯／蔡麗玲
執行編輯／蔡毓玲
編　　輯／林昱彤・黃薇之・劉蕙寧・詹凱雲
封面設計／斐類設計
執行美編／陳麗娜
美術編輯／王婷婷

出版者／雅書堂文化事業有限公司
郵政劃撥帳號／18225950
戶名／雅書堂文化事業有限公司
地址／新北市板橋區板新路206號3樓
電子信箱／elegant.books@msa.hinet.net
電話／（02）8952-4078
傳真／（02）8952-4084

2012年04月初版一刷　定價200元

總經銷／朝日文化事業有限公司
進退貨地址／新北市中和區橋安街15巷1號7樓
電話／（02）2249-7714　傳真／（02）2249-8715
星馬地區總代理：諾文文化事業私人有限公司
新加坡／Novum Organum Publishing House (Pte) Ltd.
20 Old Toh Tuck Road, Singapore 597655.
TEL：65-6462-6141　FAX：65-6469-4043
馬來西亞／Novum Organum Publishing House (M) Sdn. Bhd.
No. 8, Jalan 7/118B, Desa Tun Razak, 56000 Kuala Lumpur, Malaysia
TEL：603-9179-6333　FAX：603-9179-6060

版權所有・翻印必究（未經同意，不得將本書之全部或部分內容使用刊載）
本書如有缺頁，請寄回本公司更換

Seba·蝴蝶

Seba・蝴蝶